座卓と草鞋と桜の枝と

会川いち

目次

座卓と草鞋と桜の枝と

毎晩、座卓に向かうのは彼の日課であった。

その日にあった取りとめのないことを帳面に書き記す。

ならば文机《ふづくえ》に向かえば良いと言われるのだろうが、生憎《あいにく》と文机がない家だ。

端的に言えば貧乏であった。

男らしくないと何度言われただろう。

――侍ならば帳面と向かい合うよりも刀の手入れをしろ。

そう言われてからは、刀の手入れを済ませたあと、座卓に向かうことにした。

ある意味真面目で融通がきかぬ男の名を、江藤《えとう》仁《に》三郎《さぶろう》という。

名に含まれるとおり武家の三男で、実家がそれなりに地位を持っていたため七光《ななひかり》を借りて今のお役目、検地方小役人《けんちかたこやくにん》になることができた。

戦がなくなって久しい世ではあるが、武士の本分は武にありと言われる。腕っ節の強さは讃えられる理由にはなっても、見下される理由にはならない。

仁三郎は、武のほうがさっぱりであった。

さりとて文に秀でているわけでもない。

真面目さだけが取り柄の男である。

そんな男にも妻はいた。

小夜《さよ》という名で、小役人の家の出になる。格下の家の娘であるので、つり合いとしては悪くない。

仁三郎と小夜は見合いで知り合い、そのまま夫婦になることを決めた。

小夜の容姿は平凡で、特に芸も身につけていなかった。そのうえ彼女の体格は横に広かった。

対して仁三郎の容姿は悪くなく、年頃の娘に密かに噂される程度には整っていた。

一度の見合いで即断した息子に、両親は本当に迷いはないかと聞き、仁三郎は「はかなげな風情の女人は苦手だ。頑丈な女が良い」と答えた。

こうして夫婦になった二人であったが、それなりに仲睦まじく暮らしていた。

子宝に恵まれず、一時は離縁の話も持ち上がったが、「小役人の家に跡取りは必要ない」と仁三郎が断った。

百石二人扶持《ひゃっこくににんぶち》。決して贅沢はできぬが暮らしていけぬほどの禄《ろく》ではない。

仁三郎が帳面を広げる頃、小夜は部屋の隅で草鞋《わらじ》を編む。そうして二人で取りとめのない会話をするのが常であった。

「旦那様、山の桜が綺麗だったので一枝いただいてきたのですよ」

小夜に言われて、床の間に飾られた枝にようやく気付く。

近所の奥方と山に花見に行くと言っていたことを仁三郎は思い出した。

「そうか。だが、桜はむやみに手折《たお》ってはいかん。枯れ死にの原因になるのだ」

仁三郎のお役目である検地方小役人は、外回りが主な仕事になる。

田畑の検地で農民と接する機会が多いため、武士には必要のない知識が増えていた。

「まあ、そうでしたか。知りませんでした。あの桜が枯れてしまったらどうしましょう」

不安そうに小夜が言う。

「やってしまったことは仕方がない。これから気をつければ良い」

「そうでしょうか」

「あの枝を、明日にでも庭に埋めてみれば良い。無事に根付けばお前の気鬱《きうつ》も払えよう」

「はい。精一杯世話をいたします」

真剣に答える妻に、仁三郎は黙って頷いた。

仁三郎のお役目は外回りが多い。

小夜の編んだ草鞋を履いて畦道《あぜみち》を辿り、領地の端々まで見て回る。

時折、奉行所に出向き、書面などをしたためることもあるが、まずいることはない。

検地役は数名いるが、皆似たようなものである。

家を空ける期間も長く、帰宅したら妻子の姿がなかったという笑えない話もある。

実はこの話、同僚の斎藤《さいとう》という一番若い検地役の話である。

斎藤は、仁三郎の住まいにほど近い場所に居を構えていた。

青ざめた斎藤に頼まれ、仁三郎はさりげなくその妻子の行方を探り出すという任務の最中である。

迷惑ではあったが、他人事と切り捨てるには憔悴《しょうすい》した斎藤が気の毒であった。

「斎藤どのの細君だが、面識はあるか？」

夕餉《ゆうげ》を終え、座卓に向かいながら仁三郎はさりげなく小夜に尋ねた。

小夜からすれば見え見えなほどのわざとらしい問いであった。が、素知らぬふりをして笑う。

「ええ、ございますよ。ご実家に戻っておいでですよね」

小夜と斎藤の細君とは交流がある。

夫の不在時などには、互いの家を行き来して茶を楽しむ間柄だ。

「理由を知っているか？」

「ご実家の父君が倒れたと伺っておりますよ。お見舞いに行かれたところ、ご子息にも同じ症状が見られたのでご実家に留《とど》まられることにしたそうです。もうじき帰宅する旦那様にうつしてはならないと仰っておられました」

「病か。そういえば、先だって訪れた村でも病で倒れている者がいると聞いたな」

仁三郎は手を休め、少し考える。

病が流行《はや》ると作物の出来に関係なく、石高が減る恐れがある。

予防の知識などないが、これから赴く村々で、気をつけるように助言したほうがいいかもしれない。

「斎藤さまに聞くよう頼まれたのですか、旦那様」

「……」

気を抜いたところに質問され、仁三郎は言葉に詰まる。

「無人の屋敷は寂しゅうございましょうね。ですが検地役の夫を持つ妻は誰もがいつ戻るかわからぬ夫を待ち、誰もいない屋敷に戻るたびに心に隙間風が吹くものなのです」

小夜の言いようでは、まるで出歩いている夫が悪いようではないか。

仁三郎は憮然として答える。

「お役目であろう」

「わかっていても寂しくはありますよ。病の子を抱えたのなら尚更です。斎藤さまにはよしなにお伝えください」

「うむ」

釈然としないものを呑み込み、仁三郎は頷いた。

伝えれば安堵するであろう斎藤の顔を苦々しく思い浮かべながら。


日差しが鋭くなる季節になると、流行りかと思われた病の噂は立ち消えていた。

仁三郎はこれまでどおり淡々と己の役目に勤しんでいた。

斎藤の妻子は彼が騒いだ後ほどなく帰宅し、斎藤本人はしばらく奉行所で書類を整えると言って家に居着く日が続いた。

余程こたえたと見える。が、同じくらい、外回りの仕事を怠《なま》けようという魂胆が見えていた。

やがて上役に叩き出されるように彼が外回りに出ると、以前と同じ日常が戻ってきた。

検地役には、足腰が丈夫で頑健な身体が必要になる。年をとれば嫌でも奉行所での書類仕事に回されるが、実家とつながりのある上役と接することが苦手な仁三郎にとって、外回りの仕事は天職だった。倒れるまで外回りでいたいとすら思っていた。

「様子はどうだ。変わりないか？」

「江藤さま、お役目ご苦労さまでございます」

仁三郎の担当している地区の村長は、仁三郎に声をかけられると慌てて水田より上がってきた。

「急がずとも良い。ただの見回りだ」

この村は小さく、村長を名乗る老人も水田の世話に明け暮れる。人手はいくらあっても足りることはない。

「江藤さまのおかげで、今年も皆が暮らせるだけの収穫が見込めそうです。感謝しております」

泥だらけの手足を拭い、老人は笑った。

隣接する大きな村と利水の問題で揉めていた頃は、この村の稲の出来は悪かった。

その時の役人は、仁三郎ではなく前任者である。

隣村と揉めていた利水の問題を調整した仁三郎に、老人はいつも過大な賛辞を贈るのだ。

利水の件は、前任者が放置していたことが大きな問題だった。

仁三郎にしてみれば、奉行所の不手際を正しただけなので、老人の賛辞は面映ゆい。

「そんなことよりもご老体、ちと尋ねたいことがあるのだ」

「なんでございましょう。この老いぼれでお役に立ちますかな」

見回る先の村々で、尋ねてみたかったことがある。

誰に問うか迷っていたが一番自分に友好的な人物であろう老人に、仁三郎はぽつりぽつりと話を進める。

桜の枝を庭に挿してみたが、上手く根付いていないこと。妻が気にして毎日水をやっていること。新緑の季節であるにもかかわらず葉が全て枯れ落ち、調子が悪いことを告げる。

「桜でございますか。もともと桜の挿し木は根付きが悪いものでございます。奥方様のお世話が悪かったというわけではございません。それに桜は落葉するものでございます。落葉したから挿し木に失敗したとは限りません。不安だからといって、掘り起こし、発根を確認することはよくないのです。根気よく来春まで毎日水をやってみることをおすすめしますな」

「そうか」

これといった即効の手段は教えてもらえず、仁三郎はいささか気落ちした。

「江藤さま。樹木というものは稲や花と違い、数日や数カ月では大きくなりません。小さな種に毎日水をやっても、一年後に芽吹くかどうかというものでございます。桜の花は美しいですが、あれは樹木です。気長にお待ちくださるよう奥方様にお伝えしてください。来春に新芽が出たら発根もしておりますよ」

「気の長い話だな」

「それゆえ百姓は皆、忍耐強いのでございます」

利水の問題を何度も奏上し、訴え続け、決して諦めなかった老人は当然のように笑う。

「見習わねばなるまいな」

仁三郎が着任した時、十年以上もろくに水が引けず、この村は寂《さび》れていた。

老人の話を聞いた仁三郎はその足で奉行所に戻り、上役と相談の上で利水の権利を分けた。

村境にある小さな川と池の所有権は、一日交替で二つの村を行き来する。

その沙汰を持ち再び訪れた仁三郎に、老人はただ頭を下げた。

その後は彼の助言が若い仁三郎を導いた。

農民との接し方や検地で見るべき個所、そして農作業の手順についても教わった。

当たり前のことを知らない相手には、誰も心を開かない。相手の仕事の手順を知らなければ改善すべき点も見つけられず、指導も聞いてもらえない。

「長き人生の一年や二年、待てずにどうなさいますか」

事もなげに言う老人に、これからも頭が上がらないのだろうと仁三郎は思った。


小夜には弟妹がおり、弟が家督を継いでいた。

妹は商家へ嫁《か》した。望まれてのことである。

小夜の妹は加夜《かよ》といい、母親似の美しい娘であった。その容貌は年を重ねてもなお美しく、誰もが羨《うらや》むほどである。

小夜と加夜が並んで歩いても、姉妹と言われたことがない。

それほど似ていない姉妹であったが、仲が良いと周囲には思われていた。

「ね、義兄さまにどうかしら。良い品だと思うのよ」

加夜が小夜を訪ねる時は、かならず婚家の品を持参していることを仁三郎は知っていた。

呉服問屋に嫁いだ義妹が、さして実入りのない仁三郎の家を訪れるのにはわけがある。

武家には最低限度、必要な着物がある。

仁三郎自身は中士《ちゅうし》と呼ばれる検地方小役人であるが、実家の江藤家は上士《じょうし》である。

仕立てる反物一つとっても値が違っていた。

加夜の狙いは仁三郎ではなく、その先にある江藤本家への売り込みなのだろう。

言葉の端々に、仁三郎はそれを感じていた。

「でも、旦那様の衣装は揃っているから」

「ではご実家の方々はどうかしら。姉さまから一度聞いてもらえない？」

「本家の方々に口添えなんてとんでもないわ。私などが」

「どうして？　末子の嫁じゃない。本家の方々とだって面識はあるでしょう？」

「だって、あちらのお義姉さまは上士の方だし、私が本家に伺うのは恐れ多くてとてもとても」

仁三郎の実家である江藤本家で、小夜の評判は悪くない。

気ばかり急いて失態をすることもあるが、何事にも一生懸命な姿は好感をもって受け入れられている。

母も義姉も、小夜が訪ねたら歓迎することだろう。

だが、小夜は仁三郎と一緒でなければ江藤本家に行こうとしなかった。

自分は場違いである、仁三郎に恥をかかせることになると固く信じているようだ。

「ただいま帰った」

「おかえりなさいませ」

安堵を乗せた小夜の声と、驚いたような義妹の顔が仁三郎を出迎えた。

「お邪魔しております、義兄さま。お役目ご苦労さまでございます」

一呼吸後に義妹の慇懃《いんぎん》な挨拶と愛想笑いが続く。仁三郎は軽く頷いた。

「加夜どのか。私のことは気にせず、ゆっくりしていくと良い」

「ありがとうございます。でも、店のこともありますので今日は失礼させていただきます。じゃあ、姉さま、またね」

広げていた反物を手際良く仕舞い、加夜は立ち上がった。

「気をつけてね」

小夜は妹を気遣い、声をかける。

「そうだ、加夜どの」

珍しく仁三郎が加夜を呼びとめる。義妹は驚いた顔で振り返った。

「江藤の家に店の反物を売りたいのなら、店の名を持って普通に売り込みに行くと良い。問答無用で無下に断るほど江藤本家は狭量ではない」

一瞬呆け、次に顔色を変えて、加夜は足早に去っていった。

「すみません旦那様。聞いていらしたのですね」

「少しだけな。聞こえたのだ」

嫌味のつもりで言ったわけではなかったが、下心のある義妹にとって仁三郎の言葉は痛かったであろう。

小夜は申し訳なさそうに身をすくめ、小さく呟いた。

「加夜の夫がまた妾を囲ったとかで、あの子も気が立っているのだと思うのです。母もおりませんし、私くらいは愚痴を聞いてやらねばとつい甘やかしてしまって」

「責めてはおらん」

夫の浮気が原因で荒れているのならば、姉ではなく夫に不満をぶつけるべきだろう。

仁三郎はどうしてその矛先が小夜に向くのか、理解できずにいた。


紅葉が落ちる頃、なりを潜めていた病が突然流行した。

いったん収束して見えたものだけに大層質《たち》が悪く、一度かかったら数日は高熱で寝込み、最悪の場合は死亡する。

春先に一度かかったものは症状が軽く済むようであったが、秋口に初めてかかったものは例外なく高熱で寝込んだ。

仁三郎は任地を駆け回っていた。

薬用があると聞いた野草をかきあつめ、備蓄米を配る手配をし、小夜の編む頑丈な草鞋が幾度も擦りきれるほどに奔走していた。

奉行所内でも役人の半数が倒れたため、お役目の範囲はますます広がる。

急遽任《きゅうきょ》されることになった他人の任地では、信頼を得られず苦労もする。

奉行所の役人という立場であるから無下にされることはないが、なかなか納得してくれないので病人への対応が遅れがちになるのだ。

疫病《えきびょう》の対応など、本来、検地役とは無縁のものだ。

だが、とにかく人手が足りなかった。

「口にする水は一度沸かしたものにしろ」

「熱さましで症状が改善したかに見えても油断するな」

この二言だけを伝え、徹底するように働きかける。

厄介なこの流行病は、従来の熱さましで一時的に回復するが、その後もう一度発熱すると死に至る確率が跳ね上がるのが特徴だ。

この一時的な回復期に無理をするのが一番よくない。

だが、多少の体調不良をおしても働く農民が多い。悪循環である。

「お役人様にはわからんこともある。いつまでも稲をほったらかすわけにはいかん」

己の任地以外では助言を突っぱねられ、死ぬ者が後を絶たない。

不眠不休で働き続けた仁三郎が自宅へ帰れるようになったのは、一月ほど経ってからだった。

病に倒れていた同僚たちの復帰がなければ、さらに遅くなっていただろう。

「長らくご苦労だった。しばらくは養生せよ」

上役に労《ねぎら》われ、同僚たちからは感謝の言葉をおくられた。

重い身体を引きずるようにして屋敷へ向かう。

かなり遅い時間ではあったが、ほのかに明かりが漏れている。それを見た瞬間、どっと肩の力が抜けた。

「おかえりなさいませ」

仁三郎が開けるより早く、内側から戸が開けられた。

久しぶりに見る小夜は以前と同じように横に広く、白い顔は嬉しそうに見えた。

各地で病に倒れやせ細った農民ばかり見てきた仁三郎には、頑健そうな妻の姿が眩しく映った。

「いま帰った」

「お食事を先になさいますか？　それとも湯を？」

室内は米の匂いが漂い、仁三郎を迎え入れる準備が全て整っていた。

「随分と仕度がよいのだな」

「斎藤さまがわざわざ教えてくださったのですよ。旦那様が本日遅くにお戻りになるだろうから労《ねぎら》ってやってくれ、と」

検地役は上役をいれて五名ほどいるが、流行病に倒れなかったのは仁三郎だけだった。

他の四名は交代で一度は倒れたのだ。

結果、三名で駆け回ることになったのだが、一番割を食ったのが仁三郎だ。

湯に浸かり出てくると、大きな椀に粥がもられていた。

「粥か？」

病人でもないのに、と首をかしげる仁三郎に、小夜は笑顔で言う。

「お疲れの時は、消化の良いもののほうが身体によろしいのですよ。他の方々からも色々と精のつくものを差し入れていただきましたが、それは明日、お出ししますね」

そういうものか、と思いつつ粥を啜《すす》っていると、小夜が仁三郎の文箱を出してきた。

「帳面はいつものようにこちらに出しておきます。墨は私が用意させていただきますね」

「いや、そこまでせずとも良い」

「いいえ、今日くらいはお手伝いさせてくださいませ」

仁三郎の言うことに小夜が逆らうのは珍しかった。

「では、頼む」

そう言うと、はい、と小夜は大きく頷いた。


遠くで聞こえる祭囃子《まつりばやし》に顔をあげる。

仁三郎に与えられた休暇はもうじき終わりをむかえる。

一番大変な時期、不眠不休で働いたからだろうか。本来なら同僚が我先にと休暇を願い出る豊穣祭の日に、仁三郎は家にいた。

「祭にでも行くか」

人混みが苦手で長らく祭とは無縁だったが、こうして毎日、家に籠っていると味気ない。

ふと呟いた言葉は、小夜の「行ってらっしゃいませ」という言葉に後押しされて現実のものになる。

「お前も一緒に行くのだぞ」

夫の袴《はかま》を用意している妻に声をかけると、小夜は驚いたような顔で振り返る。

「男が一人で祭になど行けるものか。付き合え」

戸惑ったような顔で小夜が頷くのを確認して、仁三郎は用意された着物に着替えた。

通りはいつになく混み合っている。人の流れに沿って行けば、自然と鎮守の社にたどり着いた。

「お祭などひさしぶりでございます」

仁三郎にとっても祭はひさしぶりだった。

子供の頃、親に連れられてきた記憶はあるが、寺子屋や道場に通うようになると、兄たちと比べられることのほうに意識が向き、それどころではなかった。やがて年を重ねるとともに興味も薄れていった。

だが、この陽気な囃子を聞いていると、心のどこかが浮足立つ。

それは小夜も同じようで、出店の掛け声に愛想を売ってはひやかしに覗いたりもする。

そういえば、夫婦二人で出かけるのは珍しいことだ。

正月に本家に挨拶に行く以外、二人で出歩いた記憶は、とんとない。

境内では巫女が奉納の舞をおさめ、豊穣の感謝を捧げている。

この時とばかりに見世物も披露されていた。それらを見物しながら二人はただゆっくりと歩を進めていた。

ふと、路上に広げられた臨時の露店が途切れる。

一軒の商家が大きく間口を開いているのが見えた。賑わっている。

祭囃子はいささか遠いが、普段よりは客の懐離《ふところばな》れが良いのだろう。

小間物を扱う店らしく、店内の半数以上は女性だった。

「お前は見ないのか？」

素通りしようとした小夜に声をかけると、迷うように視線がうつろう。

母も義姉も、こういう店の前を素通りしたことがない。小夜とて興味があるのだろう。

「気にせず見てくると良い」

小夜は困ったように笑ったが、「はい」と答えると店の中に入っていった。

店先でぼんやりと佇んでいると、道行く女性の視線を感じて居心地が悪い。

小間物屋の軒先というのは、男には縁遠いものだ。

ふと妻を探せば、なにやら思案気な顔をしている。

客は女性ばかりだが、軒先で見世物よろしく立っているよりも小夜の隣にいるほうが違和感は少ないだろう。

「決まったのか？」

仁三郎が小夜の傍に寄ると、店の者が途端に相好を崩す。

それまで隣の客に振りまいていた愛想を向け、小夜に品の入った小箱を差し出して「どうぞお手にとって見てください」などと言い始めた。

「それではなく、隣の品を見せてくれ」

小夜の視線があった先を、仁三郎は見定めていた。

銀でできた、華美とは無縁の質素な簪《かんざし》だった。

平打《ひらうち》と呼ばれる物にも似ていたが、足の部分が奇妙にゆがめられ、さながら小枝のようなみたてになっている。平たい円状の飾りには桜の蕾と花が並んでいた。

作りは単調だが、その彫りが素人目にも見事であった。

「こちらは見栄えがする物ではないのですが、職人の腕は確かです。ただ、飾り職人ではなく、鍔《つば》の彫り師が手慰《てなぐさ》みに作りました一品なので華やかさには欠けますが」

売り子の言うとおり、一見の見栄えはない。

だが、伝えられた値はそこらの飾り細工よりも遥かに高値であった。

「ごめんなさい。それはとても」

小夜が即座に箱をつき返すと、売り子の表情がさっと曇った。

「ですが御新造《ごしんぞう》さまなら簪の一つも身につけておくのが嗜《たしな》みでは？」

そう言われて、仁三郎ははじめて小夜がなにも飾り立てていないことに気付いた。

というよりも、そのような品を持っているのかどうかさえ知らない。

「では、私が買おう」

高値といっても、決して支払えない額ではなかった。

仁三郎にはこの一月、不眠不休で働いた手当が特別に支給されていた。

使い道もなく、懐に入ったたままの金子《きんす》だ。

「旦那様?」

「たまにはこういうことがあってもよかろう」

売り子の手に戻った箱を取り上げると小夜に押し付け、仁三郎は懐の財布を取り出した。

元旦に江藤本家に挨拶に行く。

これは恒例行事だ。

父が亡くなったあと家督を継いだ兄には既に二人の子がいる。義姉は仁三郎が部屋住みの頃からなにかと良くしてくれていた。

母は家の差配《さはい》を義姉に任せて久しい。

二人が揃って出向くと、義姉は挨拶もそこそこに、さっそく小夜の簪に目をつけた。

「小夜さんの簪、素敵ね」

「ありがとうございます。旦那様に買っていただいたのです」

照れたように答える小夜を見て、義姉は驚きもあらわに仁三郎に詰め寄った。

「まあ、仁三郎さんにそのような甲斐性があったのですね？　私はてっきり、女性のあれこれに気付かない朴念仁かとばかり思っておりましたのに」

「義姉上。その見解で相違ありませんが、わざわざ叫ばずとも十分聞こえております」

「まあ、まあ。では私、余計なことをしてしまったかしら。でも、問題ありませんわよね。さ、小夜さん、こちらへいらして」

兄と挨拶を交わす間もなく、小夜は義姉に引きずられて屋敷の奥へと消えていった。

「すみません、兄上。小夜が挨拶もせず」

「構わん。どう見てもあれが引きずっていった。不可抗力だろう」

玄関先に残された兄弟は顔を見合わせると、互いに頷いた。

義姉はおっとりとしたお譲さま育ちで家の差配も上手いが、時々自分の興味があることに熱中すると、周囲を全く見てくれなくなる。

天真爛漫で楽しい人ではあるが、江藤家の男衆はそのたびに放置されるのだ。

「まあ、あがれ。膳や酒の支度は済んでいるから問題なかろう」

次兄は江戸詰《えどづめ》で、正月だからといって戻ってはこられない。

だから、せめて自分たち夫婦だけでも顔を見せることにしている。

仁三郎は長兄とともに用意されていた酒を酌み交わし、談笑していた。

時折奥より女性の楽しそうな声が聞こえるが、触らぬ神にたたりがないことを江藤家の男は誰もが知りぬいていた。

しばらくすると、奥より小夜が反物を抱えて仁三郎の隣に戻ってきた。

いささか晴れぬ表情であるのが珍しい。

義姉や母は、にこにこと笑って燗《かん》にした酒を運んでくる。

「どうしたのだ」

兄に挨拶を済ませた小夜に問うと、「義姉上さまから反物を頂戴しました」と言うので、仁三郎は義姉に礼を言う。

「義姉上、お気遣いいただきありがとうございます」

「いいえ。これでしばらく小夜さんをお借りすることになりますのよ」

意味がわからず、仁三郎は首をかしげた。

「小夜が義姉上の手伝いでもするのですか？　別に構いませんが」

「嫌だわ。反物を差し上げたのです。これで小夜さんに、ご自分の着物を仕立てていただこうかと思って。なんでも小夜さんはお裁縫が苦手だとか。ですから、私と義母上で教えて差し上げようかと思ったのです。それに、仁三郎さんは女性の装いに疎《うと》いですからね。小夜さんの訪問着でも誂《あつら》えて差し上げる甲斐性が欲しいものです」

そういえば、小夜の訪問着など仁三郎は知らない。

正月に纏《まと》うのは決まって山吹色の着物だった。

「それを気にいっているのだとばかり思っていた」

「だから朴念仁だと言うのです」

ぴしゃりと義姉に怒られ、仁三郎は首をすくめる。

「あの義姉上さま。裁縫のご教授は有難いのですが、私の手習いにこのような上質の反物は荷が重いのです」

「あら、上質だからこそ身を入れて学ぶし、丁寧に扱う気にもなるのですよ。多少失敗しても大丈夫です。反物は他にも用意してありますからね。私、姉妹というものに憧れておりましたの。義理とはいえ小夜さんは私の妹になったのです。遠慮なさらずこちらにもおいでなさいまし。ほら、仁三郎さんが見回りなどで不在の時など、お一人では危のうございましょう？」

次兄はいまだ妻帯しておらず、義姉から見て妹と呼べる存在は小夜しかいない。どうやら義姉は、小夜を構いたくて仕方がないらしい。

「お手柔らかに頼みます、義姉上」

「安心なさいませ。その簪に似合う装いに仕立てて見せますからね」

仁三郎の真意とはずれていたが、義姉の張り切りようはとても止められない。

「小夜どの。うちの道楽に付き合わせてすまないな」

兄は妻の暴走を止められない代わりに、小夜に頭を下げる。

「とんでもないです。こちらこそご指導よろしくお願いいたします」

慌てて頭を下げる小夜の向かいで、義姉が「道楽なんて失礼ね」とぼやくのが聞こえた。


正月より二日に一度の頻度で、小夜が本家に通うようになった。

手土産に持参する物を問われたので、母や義姉が好んでいた菓子を告げておく。

小夜にとって手ぶらで行くには、上士の本家は格が高く感じられるらしい。

だが、鬼気迫る表情で通い始めた当初はともかく、徐々に義姉とは馴染みつつあるようだった。

わざわざ手土産など持ってくるな、と母や義姉に言われたらしく、それならば、と手作りの菓子を時折持参している。

砂糖は高価なので、素材の味を活かした素朴な菓子だが、本家ではそのようなものを作ることもなければ食べる機会もないので、喜ばれているようだった。

そのおこぼれで、仁三郎も見回りの際、油紙に包んだ菓子を持って回ることが多くなった。

これが村の子供たちに好評で、最近ではお菓子のお役人様と呼ばれることもある。

菓子を配るのが目的で回っているわけではないので、仁三郎としては複雑な気持ちになることがある。

「嫌われるよりは良いと思っておけばよろしいのです」

村の世話役などは苦笑まじりに言う。

秋の収穫は病が流行ったわりには順調で、どの村でも食べ物に困ることなく越冬できそうだった。

吐く息が白く凝《こご》る真冬の畑は、生き物の気配を感じさせない。

ぽつりとそんなことをこぼすと、世話役の一人が密やかに笑う。

「冬の山や畑は深い眠りの時期なのです。春に備えて眠っているだけで、死に絶

えているわけではありません」

「そうであろうが、何度見ても寂しいものだな」

　薄く積もる雪で白く化粧された山々を歩くたび、春が来るのを待ち遠しく感じるのだ。

「死に絶えた場所は墓場のように陰鬱な空気が拭えませんが、眠っている場所は静謐《せいひつ》なのです。耳を澄ませば吐息や鼓動が聞こえますぞ」

「ふむ、経験の差か」

「と伝え聞いておりますが、私も聞いたことはございませんな」

　真顔で冗談を飛ばす男を前に、仁三郎は茫然とした。

　周囲の村人たちはくすくすと笑う。それは徐々に遠慮のないものにかわっていった。


仁三郎が帰宅すると、小夜の姿が珍しく見えなかった。

食事の支度は終えているようで、ほのかに炊きたての米の匂いがする。

だが、家の中に人の気配は感じられなかった。

外歩き用の頑丈な草鞋をぬぎ、奥の間まで進むと、小さな庭にしゃがむ小夜の後ろ姿を見つける。

「そんなところでなにをしている」

「旦那様、おかえりなさいませ」

声をかけると小夜は慌てて立ち上がろうとして、尻餅をついた。

重低音が響き、庭木の枝に積もっていた雪が音を立てて池に落ちる。

「慌てずともよい。そんなところでなにをしていたのだ」

徐々に暖かさを増してはいるものの、外はまだとけきらない雪がかなり残る。夕暮れの風の強さは、積雪の上を滑り冷気を運ぶ。着物をすり抜けるそれは、身にこたえるものだ。

「はい。桜の枝を見ておりました」

赤面しながら立ち上がった小夜は、足元を指差した。

春先に挿した枝が見える。武骨な茶色の枝は花が落ちて以降、なんの進展も見えず変わり映えなく見える。

「それがどうかしたのか？」

「小さな新芽が見えるのですよ。近寄って初めてわかる程度ですが」

赤く染まった頬は、寒さゆえか嬉しさゆえか判断がつかない。

正直、仁三郎は桜の枝のことなど忘れていた。

挿した当初ならともかく、ここ最近は気にも留めていなかったのだ。

「無事に根付いてくれたのです。このこが順調に育てば、毎年この家で桜の花が楽しめます。諦めずに世話をして良かった。旦那様の助言のおかげです」

仁三郎は自分がした助言とやらもとっさに思い出せずにいた。

ただ、妻が嬉しそうなので、十分だと思い直す。

「そうか、良かったな。とにかく一度、家にあがれ。風邪をひくぞ。お前が風邪をひけば、その桜を世話する者がいなくなるではないか」

常なら仁三郎の言うことを素直に聞く小夜が、未練がましく庭の枝に視線を流す。

そして気を取り直したのか、もう一度視線をあげる。

「春が楽しみでございますね」

「ああ」

満面の笑みを浮かべる小夜の顔は、まるで子供のように無邪気に見えた。

それが最後に見た妻の笑顔になるとは、思いもしなかった。

凶事を知ったのは、帰宅してからだった。

早馬は走っていたが運悪くすれ違っていたようで、お役目が終わり家に着いてみれば、なにやら騒がしく見知らぬ顔が出入りしている。

何事かと眉を顰《ひそ》めた仁三郎に気付いた同僚の細君が、静かに眠る小夜の傍に案内する。

小夜が死んだと聞かされ、遺体を前にしてなお、大がかりに騙されている気がしてならない。

帰宅早々、白装束の妻を前に、仁三郎はただぼんやりと座っているだけだった。

状況すらわからないまま、小夜の顔を眺める。

家の中では葬儀に備え、色々と準備が進められていた。

同僚である斎藤の細君を中心に知人たちが手伝ってくれているようで、仁三郎はおおむね座っているだけで物事が運んでいく。

「仁三郎さん、お帰りになったんですね」

本家から駆けつけた義姉に会うまで、仁三郎に詳細を説明する人間はいなかった。

突然の葬儀に忙しかったこともあるが、色々と面倒なことがあったのだ。

仁三郎はようやく、小夜が暴れ馬から子供を庇って死んだらしい、ということを義姉から説明される。

なんとなく小夜らしい死に方だ、と思って仁三郎は聞いていた。

「問題は、相手が厄介なのです」

義姉が言うには、暴れ馬の持ち主は上士の家柄らしい。

相手はなにを思ったのか知らないが、倒れた二人を放置して屋敷に戻ったという。

倒れている小夜の質素な身なりから、上士相手に文句を言える相手ではないと思ったようだ。

庇われた子供はかすり傷ですんだ。

その子もまた、名のある大店《おおだな》の跡取り息子であった。

一部始終を見ていた者は多く、証人も証言も多くある。

「詳しいことは私にもわかりません。いずれ旦那様よりお話があると思います」

顔を強張らせている義姉を見て、仁三郎もようやく悟る。

兄と政《まつりごと》が関係しているのだ、と。

江藤本家は上士である。

家老職に就く家柄であり、兄の立場を考えれば、そうそう侮られるわけにもいかない。

考えがまとまらぬうちに、小夜の身内も揃い始めていた。

家督を継いだ弟は神妙な顔で、商家に嫁いだ加夜は半ば茫然と、年老いた親は声を押し殺してむせび泣く。

誰も小夜が親より先に逝くとは思っていなかっただろう。

突然の訃報に気持ちがついていかないのだ。

仁三郎も似たようなもので、斎藤の細君に「あれやこれはどこにありますか」と問われても「さあ」と答える始末だ。

道具の置き場所一つ、満足に知らなかった。

そのうちに見かねた義姉が準備に加わり、仁三郎は小夜の傍に座っていろと部屋の隅に追い立てられる。

弔問客は夜まで絶えず、仁三郎は人が来れば頭を下げるだけの存在になっていた。

客足も途絶え、小夜の親族も帰宅した深夜、長兄が仁三郎の前に現れる。

表情は硬く、形式どおりの弔問を済ませた後、仁三郎に向き直った。

「小夜どののことは、突然ということもあり、お前の動揺もわかるつもりだ。だがこの一件、私に預けてもらえまいか」

兄に頭を下げて頼まれたのは、これが生まれて初めてのことだった。

仁三郎は回らぬ頭の片隅で、ぼんやりとそんなことを思う。

「決して悪いようにはせぬ。今はまだ、役目のこともあり詳しく説明できぬが、時がくれば必ずお前にだけは語ると約束しよう」

線香の匂いが漂う室内で、仁三郎は即答できずにただ兄を眺めていた。

小夜はそこで寝ているだけなのに、なにを兄に預けたらいいのだろう。

だが、兄の真摯な眼差しを見ていると、冗談を言っているようにも見えない。

「兄上、……返答は明日でもよろしいでしょうか」

昔から、仁三郎の得意技だった。

理解できないことや納得しがたいことがあると即答せず、時間を稼ぐのは。

「……ああ、構わない。今日はゆっくり休め」

長兄は無理強いすることなく、仁三郎の家から出ていった。

行灯《あんどん》の光と祭壇に立てられた長い蝋燭の明かりが、仁三郎の動きに合わせてゆらりと揺れる。

まだ雪の残る外の風が、建具《たてぐ》を微かに揺らした。

仁三郎が本家の屋敷を訪れたのは、翌日の早朝だった。

まだ夜も明けきらぬ時分に表玄関に突っ立っていた仁三郎を、一番最初に起きた義姉が見つけた。

「仁三郎さん。いかがなされました？」

「義姉上。おはようございます」

頭を下げる仁三郎の様子から、昨夜から一睡もしていないことが見て取れた。

「そのようなところに立っておらず、中にお入りなさい」

何気なく仁三郎の衣に触れると、ひやりとした感触が手の中に広がる。

どれほどの時間、外にいたのか判断できないほどだ。

だが、仁三郎は首を振ると持っていた包みを差し出した。

「義姉上、これを預かってはいただけないでしょうか」

「これは？」

「小夜の持ち物です。私ではこれしか探し出せませんでした」

仁三郎が持っていた風呂敷包みは小さく、着物一枚程度の大きさだった。

「私が預かるのは構いませんが、形見分けなどに必要なのではないのですか？」

「これは良いのです」

思いのほかはっきりと仁三郎が断じたので、戸惑いながらも受け取ることにする。

「わかりました。確かにお預かりいたします」

「よろしくお願いいたします。あと、兄上に委細お任せいたしますと言伝《ことづて》願います。それで通じると思います」

「承知いたしました」

「では、本日もなにかとお手数をおかけすると思いますが、どうぞよろしくお願いいたします」

仁三郎は深く一礼すると、背を向けて歩き出した。

本日は小夜の葬儀で、仁三郎は喪主になる。

なぜ今、この時に小夜の物を持ち出したのだろう。

去りゆく仁三郎の背を見送りながら、義姉の胸中にいい知れぬ不安が広がっていった。


弔問客は予想よりも多かった。

仁三郎の同僚たちやその家族、小夜の父親や弟妹夫婦に親戚、もちろん江藤の親類縁者も訪れた。

それとは別に、小夜の知り合いという者たちがぽつりぽつりと訪れる。

毎朝しじみを買ってもらっていたという少年、魚屋の夫婦に豆腐屋の親父。

通り過ぎても顔すら思い出せないような相手が神妙な顔で手を合わせる。

一応、小さくても武家の屋敷である。

居心地悪そうにぺこぺこと周囲に頭を下げ、足早に帰っていく者が多い。

一部の弔問客は眉を顰めたが、仁三郎がなにも言わないので誰もが黙認した。

実質、細やかなことを取り仕切ってくれたのは義姉であり、一番動いてくれたのは斎藤の細君だ。

客が途切れた頃合いを見て差し出される食事で時間がわかる。

のそのそと口に運ぶが、あまり進まずに終わる。

仁三郎が食事をしている間に、野辺送《のべおく》りの準備も整ったようだ。

親族に立て、歩け、と言われるままにしていれば、いつの間にか小夜の入った棺とともに移動していた。

遺骨とともに帰宅すると、飯がふるまわれる。

喪主というのは存外することがない。

仁三郎はその日、客に頭を下げて飯を食う以外、なにもしていないことにようやく気付いた。

自分もなにかせねばと思うのだが、なにをしたら良いのかがわからない。

しばらくの間、ぼんやりと座り込んでいた。

「仁三郎さんにお客さまです」

義姉に声をかけられ戸口を見ると、商人らしき男が立っていた。

仁三郎の前に来ると、突然畳に頭をこすりつける。

「この度は倅《せがれ》を助けていただき、お礼の言葉もございません。奥方様にふりかかったご不幸は、手前どもにも責任のあることと承知しております。誠に申し訳ございませんでした」

彼の言葉で、小夜が助けたという子供の親なのかと見当をつける。

「些少《さしょう》ではございますが」と懐から取り出した香典の包みの厚さは、相場を遥かに超えていた。

仁三郎は、その男が義姉にすすめられて焼香するのを黙って見ていたが、ふいに目の前におかれた香典の包みを掴むと、彼の前に差し出した。

「これは受け取れぬ。悪いが持って帰ってくれ」

「ですが、今はこれしか」

「そうではない。金子は要らぬと言っている」

確かに、仁三郎の稼ぎは大店のそれよりも劣るだろう。

男の身なりは下手な武士よりも立派なものであったし、立ち振る舞いも悪くない。礼儀もあるように見える。

持ってきた金子が商人なりの誠意だとすれば、かなりの誠意を見せてもらったことになる。

おそらく仁三郎の家ならあと二つくらい買える程の金額だった。

「確かに裕福ではないが、困窮もしておらぬ。それに、妻はこんなものを貰うために助けたわけではなかろうと思うのだ。ご子息は息災なのか？」

「おかげさまで、かすり傷程度でございます。今は熱で寝込んでおりますが、精神的なものであろうと医者には言われております」

「そうか。それはなによりだ」

薄く笑って肩を叩くと、男は口を固く結び一礼する。

「手前どもでなにかお役にたつことがあれば、なんなりとお申し付けください」

香典の包みを抱えて去っていく男は、手を微かに震わせ、何度も頭を下げていった。


「奥方様のこと、お悔やみ申し上げます」

ここ最近、慣れるほどにかけられる言葉に軽く頭を下げる。

仁三郎に農業のなんたるかを教えた老人は、軽く目を眇《すが》めた。

葬儀よりほどなく、仁三郎は役目に戻っていた。

塞ぎこんでいるよりも、役目に戻ったほうが遥かに気が楽だった。

家の中にあるものを把握していなかった仁三郎に代わり、義姉や斎藤の細君が色々と室内を片付けてくれたのだが、押し入れにあった行李《こうり》四つの中身は、三つが小夜の手によって編まれた草鞋だった。

残り一つは、仁三郎が日課にしている帳面がぎっしりと詰まっていた。

「これは仁三郎さんが履かれたほうがよろしいわね」

義姉に苦笑まじりに言われて仁三郎は黙って頷いた。

役目柄、草鞋はいくつあっても良い。

少しだけ箪笥《たんす》に仕舞われていた小夜の着物は、加夜に全て渡した。

仁三郎には必要がないし、義姉には役に立てる機会もない代物だ。

そこそこ裕福な商家に嫁ぎ矜持《きょうじ》の高い加夜であれば、小夜の残した着物をまとう機会はさほどないように思われたのだが、「形見分けをいただけるだけありがたい」と抱えていったのは記憶に新しい。

仁三郎には意外であったが、義姉は「なにか思うところがあるのでしょう」と微笑していた。

とはいえ、さすがに無人の家に帰ると、独り身になったのだと実感することが多い。

外回りが多くなるのは必然だった。

「江藤さまはだいぶお疲れのように見えますな」

「そうだろうか。自分ではあまり感じぬが」

老人は仁三郎の背中を気遣うように軽く叩き、座るよう促した。

畦道《あぜみち》は雪解けでぬかるみ、老人が誘った丸太の上は、いまだ冷たく微かに湿った感じがする。

仁三郎が大人しく座るのを見届けてから、老人も「失礼を」と言って横に腰かけた。

「まだ奥方様を亡くされた実感がわきませんかな?」

「それもある。が、私は人としてどこかおかしいのかもしれん」

「ふむ、なぜそう思われますか？」

老人は少し口調を和らげて先を促した。

「遺体を見ても、通夜や葬儀を終えても、涙の一つも見せぬ亭主ではあれが哀れだろう」

自然に知りあって心を通わせ夫婦になった二人ではなかった。

異性にさほど興味を示さなかった三男を心配した親が、半ば強制的に仕組んだ見合いが出会いだ。

「昔、近所の家で老いた姑の面倒を見ていた嫁がおったのです。その家には隣村に嫁いだ娘もおりましてな、母が倒れようと寝込もうと、まったく顔を見せには来ませなんだ。娘がその家に戻ってきたのは、母が死んだその日のことでしたか。通夜でも葬式でも、ずっと泣いて悲しんでおりましたが、実際に姑を看取った嫁は涙など見せず淡々と弔問客に茶を振舞っておりました。それを見た村の者は口をそろえて言ったものです。やはり実の娘のほうが情がある。なんと冷たい嫁だろうか、と」

「ご老体の思いは違うように聞こえるのだが、気のせいか？」

淡々と語る老人の口調に感じた微かな刺に、仁三郎は目を瞬《また》かせる。

だが、老人はそれに答えず、続きを口にした。

「葬式の日より三月ほど経った頃でしたか、その嫁が墓参りをしているところに偶然出くわしましてな、少しだけ話をしたのです。嫁が言うには、ずっと意地の悪い姑だと思っていた。倒れた時も心のどこかでいい気味だと思っていた。姑が死んでも悲しむことなどあるまいと思いつつ面倒を見ていた。でも、押し入れに残る布団を見ると、心のどこかに穴があいたような気持ちになる。口煩いと思っていた姑の言葉に助けられている自分に気付く時がある。涙は出ないが、なにか苦しい、と」

老人は仁三郎を見て、ゆっくりと頷いた。

「涙の量だけが悲しみを表す術ではないと思うのです」

経験を重ねてきた先達の言葉が、仁三郎の心にじんわりと沁《し》みこんだ。


仁三郎が大店の敷居を跨いだのは、葬儀直後の外回りより帰宅してすぐだった。ちょうど店に出ていた主の男は、仁三郎の顔を見て駆け寄ってきた。

「江藤さま。ようこそおいでくださいました。どうぞ奥へおあがりください」

「ここで構わぬ。少し頼みたいことがあってな」

「はい、なんでございましょうか」

仁三郎に気を遣って奥の部屋をすすめたつもりだった男は、一瞬怪訝な顔をしたがすぐに真剣な面持ちにかわる。

「我が家の庭に、小さな桜の枝があるのだが、私は役目柄、どうしても外回りが多いのだ。私が外回りをしている間だけで良い。その桜の世話を手伝ってはもらえぬだろうか。水やり程度で構わぬそうなのだが、どうやら最初の年が肝心らしくてな、この春がその最初の年になるのだ。あれが楽しみにしていたので、どうにかして咲かせてやりたい。悪いが留守の間の世話を頼めないか」

店先で息子の恩人の夫が頭を下げるのを、男は唖然として見ていた。が、我に返ると慌てて仁三郎に頭をあげてくれるように頼みこむ。

一度は、店をたたむ覚悟をしたほどだ。

全財産を仁三郎がつき返してくれたおかげで、まだ大店と呼ばれる店を構えていられるが、彼の要望であれば多少の無理をしてでも叶える気持ちがあった。

それが植え木の水やりとは、想像もしていなかっただけのことである。

「頭など下げないでください。我等が受けた恩はそれしきのことで返せるものではございません」

「恩など感じずともよい。ただ、どうしても頼める相手が他におらぬのでな」

同僚の細君などは日々のことで忙しい。

義姉に至っては本家の差配に慣れ過ぎて、庭木の一本など買えばよろしいと言われそうだ。

老人に色々な助言をもらったは良いが、留守中に頼める相手がどうしても見つからなかった仁三郎がようやく思い出したのは、葬儀の際に震えていた男の姿だった。

「確かに承りました。江藤さまの留守中に枯らすことはしないとお約束いたします」

「悪いがよろしく頼む」

少し居心地が悪そうにしていた仁三郎が足早に店を出るや否や、主の男は店の者に言いつけて一番腕のいいと評判の植木職人のところに使いを出したのだった。

長兄から呼び出しを受けたのは、小夜の葬儀から二月をあけてのことだった。

「忙しいところ、呼びたてて悪かった」

指定された日時に本家へ行くと、兄の書斎に通された。

この家で生まれ育ったものの、仁三郎がここに足を踏み入れることは初めてだった。義姉でさえあまり近づかないようだ。

昔、ここは父の書斎であり、明言されたことはないが、跡継ぎではない仁三郎は立入禁止の場所だった。

祖父から父が受け継ぎ、長兄がそれを継いだ。

江藤本家の主たる者の部屋は、義姉が醸し出すやわらかな家の空気と違い、役目と同じく重いものが漂っていると仁三郎は感じた。

招いた長兄本人に上座をすすめられ、仁三郎は戸惑っていた。

「小夜どのの件だ。座れ」

「はい、うかがいます」

諦めて上座に腰を下ろすと、兄が真剣な面持ちで正面に座った。

改めて兄の口から子細を聞く。

相手が江藤本家の政敵ともいうべき家に連なる者だったこと。

常日頃より素行の悪さが有名だったこと。

小夜の死を上手く利用し、相手の勢力を削いだこと。

「お前が望むのなら、今の地位よりも格段に引き上げてやることも可能だ。だが、正式な形で小夜どのの死に関する責は問えぬ形になる」

神妙な面持ちで長兄の言葉を聞き、仁三郎は頷いた。

「兄上のお役にたったのであれば、それでよろしいでしょう。小夜が生きていたとしても、なにも申しますまい。私は今の地位で満足しております。不相応なお役目をいただいたところで上手く立ち回る器量はございません」

相手が上士の家ということ以外、仁三郎は聞いていなかった。

この件を兄に預けた以上、踏み込んで聞く気もなかった。

「だが、それではお前の面目が立たぬ」

「兄上。私は武士です。だてにこの江藤家で育ったわけではございません。武家の世の習いも存じております」

一つの醜聞で家が潰れることもある。

面子のために血族を切り捨てることもある。

それが正しいのかどうかは別として、仁三郎は武家の習いを知っている。

おそらく、相手の家は仁三郎の出方を待っているに違いない。

声高に相手を非難できる唯一の人物は、長兄ではなく仁三郎なのだから。

仁三郎は現在、中士として勤めているが、その背後にあるのは上士の家柄だ。

これが下士から伸し上がってきた家ならともかく、歴代家老職を務める上士の家となれば話は違う。

「兄上の力で醜聞を抑えてある、としたほうが後々よろしかろうと存じます」

ここで長兄が仁三郎を取り立ててしまっては、切り札がなくなってしまうだろう。

仁三郎の意を受けて、長兄が眉を顰めた。

「その程度でこの家の土台は揺るがぬ」

「それも承知で申し上げております。兄上、動かぬこともまた貴重な一手になりましょう」

役目を授かり、仁三郎も色々と学ぶことがあった。

人が持つ情とは別に、動かなければならないこともある。

自分には関係ないと思っていたが、こうなってみて考えることがあった。

一人になった家を守らなければならない理由はない。

家名だの名誉だのというしがらみを持ち続ける理由がないのだ。

このまま自分が死ねば、継ぐ者がいない小さな分家は簡単に潰れてしまうだろう。

ならばせめて、本家のためになる手段を選ぶべきだ。

「それで良いのか？」

「はい」

「わかった。気が変わったらいつでも来い」

「ありがとうございます」

軽く頭を下げる仁三郎に、長兄が改めて向き直る。

「無理を言った。すまない」

深々と頭を下げる長兄に、仁三郎は視線を落とす。

義理堅く情の深い兄が、弟の妻の死を政に利用した。

言いかえればそれは、長兄の置かれている立場がいかに難しいものかを知らしめる。

「頭をあげてください、兄上。兄上のおかげで私は気楽に暮らせているのだと感謝しております」

ある意味でそれは本心だった。

小夜に詫びるのは、自分の役目だ。

すべてを長兄に預けると決めた、仁三郎の背負うべき責なのだ。


「ちょいとごめんよ」

武家の屋敷を訪ねるにはぞんざいな口調が表で響く。

たまたま屋敷にいた仁三郎は、不審に思いつつも戸を開けた。

そこにいたのはどう見ても老婆と呼ばれる年齢の女性で、仁三郎に見覚えはなかった。

薄汚れた着物は一重で、農民だと思われる節くれだった手が印象に残った。

「ああ、あんたが噂の旦那さんかい。確かにいい男ぶりだね。ここの奥方さんはいらっしゃるかね」

「小夜のことか？　あれなら死んだ」

「悪い冗談だ」

「冗談ではない。奥に位牌《いはい》もある」

顎で奥を示した仁三郎を見上げ、老婆は納得したように頷いた。

「ああ、そうかい。だから今年は来なかったんだね。悪いがここまで来たついでだ、ちょいと手を合わせても良いかね？」

突然の殊勝な申し出を不思議に思ったが、仮になにかあったとしても老婆一人を押さえられないこともないだろう。

不審な素振りを見せたら叩き出そうと思いながら、仁三郎は頷いた。

だが、老婆は意外にもきちんとした作法で手を合わせ、静かに位牌の前で目を閉じていた。

「怪しいもんだと思っていなさるだろうね」

顔をあげてにやりと笑う老婆は、確かに不審ではある。

さりとて本人を前に頷くことも躊躇《ためら》われた。

「奥方さんはうちによく来なすった。特にこの時期は下働きまがいのことまでしてよく通って来なすった。今年はいつになっても来ないから、町に来たついでに寄ってみることにしたんだ。まさか亡くなっているとは思わなかったが」

「小夜がなにをしにどこに通っていたと？」

「藁《わら》が欲しいと言ってな、おらの家によく来ていた。丈夫な草鞋を編みたいんだと。武家の奥方と名乗るには貧相な格好だったが、農家のあれこれを色々手伝ってくれて、おらのような女にも頭を下げて。時々あんたの自慢話をしたりしてたよ。確かに自慢されるだけある男ぶりだ。半分はのろけと出まかせだと思っていたんだがな」

歯の少ない口元を開け、老婆は奇妙な声をたてて笑った。

「おらの編む草鞋はちょいとだけ有名なんだ。頑丈で長持ちだってな」

仁三郎は黙って頷いた。

老婆は目を細めて仁三郎を見上げていた。

「小夜の草鞋なら、まだ行李二つ分は残っている」

「ほう、そうかい。見せてもらって良いかね？」

仁三郎は少し迷った後、押し入れから行李一つを取り出し、老婆の前に押し出した。

老婆は遠慮なく行李を開けると、中の一つを手にとってしげしげと眺める。

「ああ、これなら大丈夫だ。ありがとうよ、旦那さん」

満足そうに頷いて草鞋を仕舞い、老婆は行李に蓋をした。

「小夜はあんたになにを言っていた？」

仁三郎の鋭い視線を受け、老婆は首をかしげた。

「特になにも」

「本当か？」

「奥方さんが言うことはいつも決まっていた。『自分には勿体ない相手だ』と。せいぜい大事に履いておやり。こんな婆に頭下げてまで草鞋編みに通ってきていたんだ。奥方さんもそれを望んでいるだろうさ」

戸惑ったままの仁三郎を尻目に、老婆は帰っていった。

残された草鞋の詰まった行李を見て、仁三郎はしばらく動けなかった。

†

訃報が江藤本家に届いたのは、突然のことだった。

知らせを受けて帰宅したものの、状況が好転するはずもない。

身軽な格好に着替えて弟の屋敷へ向かうと、先に来ていた妻が出迎えた。

仁三郎は妻を亡くして独り身だ。葬儀となれば実家の本家が仕切るしかない。

「仁三郎さんの同僚の方がお知らせくださいましたの。こちらはその奥方様です」

見れば、どこかで見たような女性が深々と頭を下げた。

「小夜さんの葬儀の際にもお世話になりましたよ」

妻の口添えで、なんとか思い出す。

弟の妻の葬儀は、手を合わせただけで帰宅したのだ。

政のほうで色々あり、あまり長居はできなかった。

「昨晩、私が薬と食事をお持ちした時は、顔色は良くなかったものの普通に対応してくださったので、大丈夫だと思っておりました。まさか、こんなことになるなんて思いもせず、迂闊《うかつ》でございました」

仁三郎があまりに酷い顔色をしていたので、上役が見かねて早々に帰宅させたのが昨夜。

同僚の斎藤という男が独り身である仁三郎を気遣い、自分の妻に食事と薬を運ぶように頼んだのも昨夜。

翌朝、その斎藤が様子を見に訪れたところ、仁三郎が倒れているのを発見したのだという。

急いで医者を連れてきたが、手遅れだったそうだ。

「まさか家老職の江藤さまの弟にあたる方だとは存じ上げず、なにかと気安く接してしまって」

自分の顔を見て酷く恐縮している女性に首を振る。

「いや、こちらこそ愚弟が色々と世話になったようだ。礼を申し上げる」

常時なら会うこともない家老に頭を下げられ、さらに身を縮ませた女性を見て、妻が苦笑しつつ言う。

「あなたは邪魔ですから、奥で仁三郎さんの荷物でも整理しておいてくださいまし。女には見られたくないものもあるかもしれませんので」

追いやられるように小さな屋敷の奥に足を進めた。

仁三郎が静かに眠る部屋の奥に、小さな部屋がもう一つある。

余分なものが一切ない部屋の隅に、座卓があった。

硯《すずり》には墨が残っており、小さな帳面が風に揺れて乾いた音をたてる。

文机くらい買えばいいものを。言えば家にあるものをやったのに。

そんなことを考える自分は、傲慢なのだろうか。

手に取ってみれば、そこには日々の仕事に関する子細が綴られていた。日付の後には天候、稲の様子、場所によって違う対処の仕方。数年前との出来高の比較や成長の違い。仕事の覚書がつらつらとある。

村の世話役と相談した事柄、その対処、病害虫の予防策。

めくれば仁三郎の日々が容易に想像できる内容ばかりだった。

ふと、押し入れを開けると、行李が積まれているのが目に入る。

手に取ってみると、半分は軽く、なにも入っていなかった。

一つには、草鞋が何足か転がっていた。

やけに重さのある最後の一つを開けると、そこには手元にあるものと同じ小さな帳面がぎっしりと詰まっている。

ぱらぱらと検分するが、やはり内容は一様に仕事に関することばかりだ。

稲の作付け方法を変えたら出来高があがったとか、肥料の配分がどうだとか。

弟とお役目について語りあうことはなかったが、励んでいたのだとわかる。

自分にはよくわからないが、仁三郎の帳面は検地役にはなにかしら役に立つ物のように感じられた。

「なにをなさっておいでです。私、家を荒らせと頼んだ覚えはございませんが」

ふと気付けば、妻が笑顔で正面に立っていた。

物凄くいい笑顔だが、目が少しも笑っていない。

出しっぱなしの行李や仁三郎の残した帳面を積み上げた部屋の中は、なにもなかった当初より乱雑になっていた。

「ああ、すまん」

経験上、この状態の妻に逆らう勇気はない。

手にしていた帳面を慌てて行李に戻していると、妻が隣で空っぽの行李を押入れに戻していた。

最後に残された手元にある行李を戻そうと立ち上がった時、ぱさりと帳面の一つがこぼれおちた。

拾い上げ、ふと開いた箇所を眺めると、そこには日付とともにたった一行だけしか文字がない。

それを見て、一年ほど前の義妹の新盆を思い出した。

「お前もまだ一人で老いるには若い。後添《のちぞ》えのことも考えてみたらどうだ？」

「お気遣いありがとうございます。ですが、まだ考えておりません」

なにも即、弟に再婚してほしいと思ったわけではない。

亡くなった義妹のことも嫌いではなかった。

ただ、弟がこのまま一人で侘《わび》しく暮らすのが哀れに思えたのだ。

「三回忌が終わるくらいまでに、少し考えておけば良い」

弟は静かに笑っただけだった。

「そういえば私、仁三郎さんから預かっていた物があるのです。取りに帰ってもよろしいでしょうか」
慌ただしい葬儀がひと段落した時、妻が思い出したように呟いた。
そんなものがあることすら知らなかった本家の当主は、あっさりと頷いた。
ほどなく妻が抱えて戻った包みは、反物一枚分くらいの大きさと重さである。
「どういたしましょう」
預けた当人は死に、残された身内といえども勝手にしていいものではない。
「まず、開けてみたらどうだ。お前が預かったのだから、お前が開ける分には仁
三郎も異存なかろう」
妻は少し躊躇ったが、うかがう相手も他にいない。
弔問客の去った小さな屋敷のなかで、包みに手を伸ばす。
中には以前、母と妻が亡き義妹に手ほどきして縫っていた濃紺の訪問着が一枚、
そして木箱がその上にのせられていた。
「これはなんでしょう」

妻が小さな木箱を手にして開ける。そこには銀色の簪が一本おさまっていた。

「小夜さんの簪、ですわね」

「だろうな」

義妹の装飾品など記憶にないが、弟が持ってきたものならそうだろう。そう思い、ただ頷いたが、妻の反応は違っていた。酷く驚いたようにしげしげと眺めている。

「これ、なかなか入手できないと言われている錺職人の飾り簪ではないでしょうか」

「普通の簪となにか違うのか？」

女性の小間物に詳しい夫は稀であり、大多数はなにも知らぬに等しい。自分もその大多数に

含まれていることを自覚している。

だから、妻の驚きようは全く理解できなかった。

「彫りの部分が普通の簪とは違います。平たくて、でも鍔と同じ、決して邪魔にならないようにできています。特徴は足の部分、髪に隠れるところにまで手を抜かないのです。なによりその出来から、今では家一軒が建つほどの値がつくとか。売り出した当初は材料費程度の値だったそうですが」

思わず夫婦で顔を見合わせる。

中士の仁三郎が、家一軒分の財を投じて妻に簪を贈ったとはとても思えない。

「……それほどの物なら、お前が貰っておけばいいのではないか」

形見分けとして妻が引き取っても、弟ならなにも言わないだろう。

亡くなった義妹も、特に物にこだわる性質ではなかったように思う。

何気なく口にした言葉に、妻は頷かなかった。

「いいえ。これは仁三郎さんと一緒に送ってさしあげましょう」

手にしていた木箱と反物を包み直し、妻は弟の棺に手をかけた。

「だが……」

棺に入れるのは三途の川の渡し賃。

それ以外の物は、あの世まで持っていけない。

「私も女のはしくれでございますから、高価な簪に心が動かされないわけではありません。ですが、これは仁三郎さんの手から小夜さんに、この着物とともにもう一度渡していただきたいのです」

妻の言葉に、一瞬戸惑った。

高価な品を埋葬しても、土に還ることなく残るだけだ。

墓泥棒の被害にあう恐れすらある。

だが、義妹の死を利用した後ろめたさが今でもある。

弟の面子を踏み台にした悔いもある。

そしてなにより、自分も弟に送ってやりたいものがあった。

「構わぬ。預かったお前の好きにせよ。ついでに、これも一緒に入れてくれ」

懐から出した薄い紙を一枚、差し出した。

「これは？」

「仁三郎の帳面の一部だ」

「勝手に破ったのですか？」

咎めるような妻の声を無視して、弟の棺を覗き込む。

「これだけは構わぬのだ。なあ、仁三郎」

雨の日も、風の日も、嵐の日も、晴天の日も、毎日几帳面なほどにお役目のことだけが綴られていた仁三郎の帳面にあった、異質な一枚。

「あの世で仁三郎さんに怒られても、私は知りませんからね」

妻の怒る声が聞こえたが、ここは聞こえぬふりをするしかない。


——某月某日　　妻が死んだ。

天候も稲も水もなく、ただその一行であった。

†

手水《ちょうず》に立った仁三郎が裏庭の人影に気付いたのは、一際大きな声が響いたからだ。

両親に騙されるように連れてこられた見合いの席に、気乗りはしない。

高級料亭の食事だけいただいたら帰りたいものだ。だが、相手もいることなので無難に事を収めたい。できれば相手に断ってもらえたらなお良い。

自分に都合のいいことを考えながら、仁三郎はひたすら時間を潰していた。

ようやくお役目にも慣れてきた頃である。仁三郎としては面倒事は極力後回しにしたいと思っていた。

時間稼ぎにもならぬであろうが、絶対に止められない場所といえば手水くらいしか思い浮かばない己に呆れつつ、溜息をついて部屋に戻ろうとした時だった。

「とんだ道化のような姿ですのね」

嘲笑を含むそれは甲高く、若い女性の声であると知れた。

「さぞかし反物がご入り用だったのではないですか？」

数人の娘が見える。

どれも武家の娘だとわかったが、一際目を引いたのは山吹色の振袖を着た娘だった。

ふくよかを通り越して恰幅が良いと言えば良いのか。

とにかく横に広い女人であった。

視界を占める割合が大きいので目についたのかもしれないが。

失礼なことを考えながら、仁三郎は物陰から裏庭をのぞいていた。

「あなたのような方があの方と見合いなど、一生に一度あるかないかの珍事でしょう？　精々相手の方に笑われてくると良いですわ」

くすくすと含み笑いとともに投げつけられる言葉の鋭い毒に、関係のない仁三郎でさえ眉を顰めた。

どんな間柄なのかは知らないが、無用に相手を傷つけることを言わずとも良いのに。

だが、言われている横幅のある娘はなにも言い返さず、戸惑っているようだった。

「美しいと評判の妹のほうではなく、なぜよりによってあなたが」

それまで茫洋として聞いているだけだった娘の手が微かに震える。

次の瞬間、拳を握りしめて震えを堪えた娘は、瞬きを一つして気持ちを切り替えたようだった。

仁三郎の位置からはその娘の顔しか見ることができない。

それでも、囲んでいる娘たちの顔が歪んでいるであろうことは容易に想像できた。

「あら、あなた、その色の着物を着ているとまるで、草鞋のように見えますのね」

「本当に。丈夫さしか取り柄がない特大の草鞋のようですわ」

振袖を着て紅をさしている年頃の娘を形容するには酷い言葉だった。

さすがに娘は視線を落とし、なにか言いたげに口を開いたがすぐに閉じた。

仁三郎は娘が泣き出すのだと確信したが、それは裏切られた。

「そうですか？　私、草鞋を編むのが得意なので最上の褒め言葉に聞こえます。人様のお役にたてるものに例えてくださってありがとうございます。では、失礼しますね」

明るい朗らかな声で言い一礼すると、山吹色の振袖は呆気にとられるその他を残し、姿を消した。

裏庭の娘たちがいなくなってから指定された部屋に戻ると、相手側の末席に先ほどの山吹色の振袖を見つける。

今日の自分の見合い相手であったのか、とその時ようやく仁三郎は気付いた。

紹介もそこそこに、二人で庭の散策でもしてきなさいと、半ば強制的に追い出された。

年頃になっても異性に興味を示さない息子を心配し、女性に慣れてもらうことを目的に設けられた見合いだった。相手も父親の部下で、単純に断れない関係だったのだろう。

黙して仁三郎の後をついてくる娘を、興味深く観察した。

「あの、なにか?」

仁三郎の視線に気付き、おそるおそる窺うように娘が口を開く。

「そういえばお互い名乗ってもいなかったな。私は江藤仁三郎と申す。役目は検地役だ」

「木村又十郎《きむらまたじゅうろう》が長女、小夜と申します。本日はお忙しい中ご足労いただきまして誠に申し訳ございません。私のような太った女子でさぞかし気落ちなさったことでございましょうが、あの、父も悪気があってお話を受けたわけではありませんので、どうぞ江藤さまのほうでお断りいただけましたら」

「まだ断ると決めてはおらぬが。名を知ったばかりではないか」

流れる水のごとく勢いよく喋る娘を遮り仁三郎が言うと、小夜は驚いたのか大きく目を見開いた。そして頬を染める。

「お名前だけなら以前から存じ上げております。その、江藤さまは年頃の娘の間で密かに人気のある殿方なので。見合いのお話をいただいた時など、私、初めて妹に羨ましがられました。妹は私に似ず綺麗なのですよ。あの子が私を羨んだことなど一度もなかったので、それだけで嬉しくて」

「ああ、美しいと評判の？」

実は相手の評判など全く知らない。ほんの少し前、裏庭で聞きかじった程度の話を仁三郎はもっともらしく言ってみる。

「はい、江藤さまのお耳にまで届いておりますか？　加夜は、あ、妹の名が加夜というのですが容姿が麗しいだけではなく、お茶やお花の免状も持っており、私の自慢の妹なのです。同じ習い事をしても私はまったく身につかず、両親さえも呆れかえるほどでして、あの」

自分と見合いをしているはずの娘は、なぜか妹のことを目を輝かせてほめちぎる。自分の粗《あら》など口にしなくてもよいことまで口走り、困ったように視線をさまよわせていた。

「小夜どのにもなにかしら得意なことがあるであろうに」

「そ、そうですね。あ、食べることなら誰にも負けません。そこらの殿方よりも多く食べられる自信があります」

自信満々に胸を叩いて言い切った後、娘は真っ赤になる。

「誰にも負けないと胸を張れるのなら、十分立派な特技だ」

「えっと、その」

失態だと思っているのか、小夜は赤面したまま立ちすくんでいた。

「ときに、小夜どのは草鞋を編めるか？」

「草鞋ですか？　はい、一応は。祖母が百姓の出でして。武家の娘には必要ないと言われましたが、そのくらいしか私には覚えられませんでしたので」

突然切り替わった話題に、小夜は首をかしげながら答える。

「検地役というのは歩きまわる仕事でな、丈夫な草鞋を編めることが妻の条件なのだ」

「左様でございましたか。存じ上げませんでした」

当然だ。たった今、仁三郎が適当にでっち上げた条件なのだ。知るはずがない。

真顔で答える小夜は、しきりに頷いている。

面白い娘だと仁三郎は思った。

「先に聞いておくが、小夜どのには誰か思いあう相手がいるのか？」

「とんでもないです。私のような女にそのような相手がいるはずもございません。噂されるだけで相手の方にご迷惑でしょうとも」

あまりにも真剣に自分を貶《おとし》めるので、聞いている仁三郎のほうが言葉を失う。

「では、私が小夜どのの相手として噂されても困ることはないな」

「勿論でございます。江藤さまが私のお相手などと誰が噂しましょうか。どうせ誰も信じるはずがございません。……え？」

仁三郎がなにを言ったのか遅まきながら気付いたようで、小夜は言葉を切った。

そして顔をあげて笑う。

「ご冗談がすぎますよ、江藤さま」

仁三郎は即答する。

「私は質《たち》の悪い冗談は嫌いだ」

二人が夫婦になる半年ほど前のことである。

†

仁三郎が亡くなったあと、家財は処分され、有益な帳面のほとんどは奉行所に寄贈された。

彼の几帳面な手記は新任検地役の助けとなり、資料の一つとして活用されていると聞く。

がらんどうになった小さな屋敷の片隅で、小振りの桜が枝葉を伸ばす。

誰にも見られることのない桜は、根付いて三年目の今、素晴らしく満開の薄紅を散らせていた。

笛の音

微かに聞こえる音に、江戸留守居役の茂利《もり》は眉間の皺を深くした。

「あれはなんだ」

「笛の音にございましょう」

出迎えた江藤信次郎《しんじろう》は平然と答える。

噂は聞いていた。中屋敷から時折、奇天烈《きてれつ》な笛の音が聞こえる、と。

実際に聞いてみれば、それは奇天烈というより不快な音でしかない。

音階もなければ調子もあっておらず、強いて言うなれば嵐の時に聞こえる隙間風のような不気味さがある。

「即刻やめさせよ」

「殿の楽しみでありますゆえ」

「番代《ばんだい》殿の笛なのか？」

江藤は茂利を見て、ただ頷いた。

先日、国許より江戸に出てきたばかりの鷹光《たかみつ》は、先代藩主の弟である。

流行病で亡くなった先代藩主に嫡子はいたが、まだ齢《よわい》数カ月の赤子であった。

そのため、主家唯一の直系男子である鷹光が藩主代理を務めている。

番代とは、藩主代理を意味する。

鷹光を番代と呼ぶのは極少数で、たいがいの者には実質の藩主と認識されていた。

大名家の継嗣《けいし》問題は家臣一同を巻き込む大問題であり、赤子が無事に成長する年月を思えば、成人している鷹光に期待するほうが保身につながる。混乱なく鷹光が藩主代理に就いた裏には、そういった思惑や打算が大きく働いていた。

上屋敷にはまだ幼い名目上の藩主が住んでいる。そのため城にあがる前日以外、鷹光は中屋敷で過ごすのが常だった。

「どうにかせよ」

「どうにか、とは？」

「指南役を探すなり、他の楽しみに誘うなり、やりようはあろう」

茂利の指示を、江藤は黙って聞いていた。

首肯するでもなく、拒絶するでもなく、いつも秀麗な顔で神妙に苦言を聞いているように見える江藤が、茂利は苦手だった。

家柄も能力も保証されている男であるが、顔に感情を出すのを見たことがないのだ。

無理難題を押し付けても平然と片付け、文句の一つ、愚痴の一つも言わない。

彼は江戸藩邸における用人《ようにん》であり、藩主代理に付き添わせるような軽い役目の男ではない。

用人である江藤を鷹光につけたのは、茂利の指示である。

茂利にとって江藤は苦手な存在だが、鷹光は目障りな存在だ。

いまだ幼い先代藩主の嫡子は、茂利の孫にあたる。先代の弟である鷹光が藩主代理という地位を得なければ、茂利こそが孫の後見について藩政に手腕を振るうはずだったのだ。

目論見が泡と消えたのは、国許にいる家老の存在が大きい。

国許の家老の名も江藤という。江戸藩邸にいる江藤信次郎の兄になる。

「先日申しつけておいた書状は整っているのか」

「こちらに」

代々家老職を務める江藤家は、優秀な人材を輩出することが多い。

中でも、この江藤信次郎は際立って有能であると評判だった。

剣を握れば瞬く間に免許皆伝、学問は数年で師を飛び越える。幼い頃から神童の名をほしいままにしてきた男である。

次男であるがゆえに養子に迎えたいと名乗りをあげた家も多かったが、その全てに断りを入れ、学問を究めたいと江戸に向かったのは元服前のことだ。

本家からの援助もあり、気の向くままに興味のある学問を修めてきたという話だが、数年前、江戸藩邸の用人として取り立てられることになった。

評判にたがわず有能で、書類仕事で落ち度があったことはない。

面倒な仕事をすべて押し付けてきた茂利は、江藤の能力を認めている。

「御苦労であった。引き続き、番代殿の世話を頼む」

「はい」

慇懃《いんぎん》に一礼すると、江藤が正面を向く。

なにを言われても迷いもせず戸惑いもしない、静謐《せいひつ》な深淵を思わせるその瞳が茂利は苦手だった。

†

いつの間にか傍に控えている男を認め、鷹光は視線を向けた。

「来客ではなかったのか？」

「お帰りになりました」

江戸に来てから、鷹光の傍にはいつもこの男がついていた。

不慣れな場所であるから、土地勘のある者が良いでしょう、と紹介されたのは、国許を任せてきた家老の弟だとすぐに知れた。

よく見れば顔立ちもどことなく似ている。江戸に住んで長いとも聞く。

ただ、国許の家老と比べれば、口数が少なく表情も薄い。必要最低限度の会話しか成り立たない。

「誰だ？」

「留守居役の茂利殿でございます」

「様子見か？」

「書状を取りにご足労くださったようでございます」

「なんの書状だ」

「内寄合《うちよりあい》で交わす書状でございます」

寄合とは、各藩の江戸留守居役で組織されている会合のことだ。

そのなかでも内寄合は秘密会である。内寄合で交わされる内内用の書状は機密書類になる。

「茂利の仕事ではないのか？」

思わず本音をもらした鷹光に、江藤はなにも答えず座していた。

彼の立場を考えれば、是とも否とも言えまい。

「まあよい。余計な仕事は上手く断れ」

「はい」

江戸に出てきて二週間ほどになるが、その間、鷹光が知るだけでも江藤が抱える仕事量は膨大だった。

用人は書類仕事が主になるとはいえ、なぜこんなに一人で担うのかと首を傾げるほどの量が、毎日のように上屋敷から運び込まれてくる。それをいつの間にか済ませ、鷹光の傍にいる江藤はもっと不可思議だった。

「お前も少しは手を抜いても構わぬぞ。私は逃げも隠れもせぬからな」

「はい」

顔を合わせてから、毎日のように伝えてきた言葉をかける。

藩主代理である鷹光の立場は、とても危ういものだ。

先代藩主の子が無事に育てばもとの部屋住みに戻り、万が一の場合は彼がそのまま藩主になるだろうと言われていた。

大名家の継嗣問題は深刻で、どの藩でも複数の後継者候補を擁《よう》している。

兄弟の死亡を届けず、年齢を誤魔化すこともままある。

緊急時には藩主の死亡を伏せて養子縁組を届け、その後に生死を届けることさえある。

後継が幼すぎても認められない。また、正しく跡継ぎと認められるには公方様《くぼう》にお目見えする必要もある。

様々な武家の事情が絡み、鷹光は藩主代理となった。

藩主でも問題なかったのだが、鷹光本人が頑なに辞したので藩主代理という形でおさまっている。

兄の嫡子が藩主、その代理として鷹光が表に立つ。

だが鷹光の立場は藩主そのものであり、兄の子は次代の後継者として扱われている。

互いの年齢を考えれば自然な成り行きだった。

鷹光の扱いには茂利も悩んだことだろう。

主家の直系男子であることは間違いなく、現状、彼を無下にすることはできない。

今、鷹光に死なれては主家が改易《かいえき》される可能性もある。そうなれば藩政の実権云々以前の深刻な問題になる。

さりとて、あまり深く藩政に関わってほしくもないのだ。

「日増しに暑くなってくるな」

「はい」

「江戸では素晴らしい花火が見られると聞いてきたのだが」

「はい」

「見られるだろうか」

「機会がありますれば」

小暑《しょうしょ》をむかえ本格的に暑くなるこの頃、遠くの川沿いから響く花火の音は中屋敷にも聞こえていた。

鷹光は端的な返答を繰り返す男を眺め、口元を緩めた。

「そうだな。機会があれば、な」

感情を見せず、少しの期待も持たせず、それでいて可能性だけを示す彼の返答は、鷹光のために骨を折る気がないことをにおわせていた。

媚《こ》びのない姿勢は、小気味いいほど素っ気ない。

似たような面構えの国許にいる家老は、いつも眉間に皺を寄せ難しい顔をしていた。

「しかし、似ておらぬ兄弟だな」

しみじみと眺めている鷹光に、彼は微かに首を傾げた。

「家老の江藤はもう少し表情豊かであったが、お前は感情を見せぬ」

「はい」

「武士としては立派な姿勢であるが、そう仏頂面で毎日傍に張りつかれては私が疲れる。少しは笑って見せよ」

「鋭意、努力中にございます」

鷹光の要求を遠回しに拒絶する声だけが響く。

「……そうか」

「はい」

江藤の返答はいつも端的だが、相手の言い分を聞いていないわけではない。最短で反論を遮るような、的確なものが多い。かつて神童と呼ばれた頭の回転は健在らしい。

鷹光は視線を手元の笛に戻し、小さく溜息をついた。


その日の執務にと鷹光に渡された書類は、数枚の紙である。隅から隅までじっくり目を通してもさほど時間は必要ない。重要な案件はなく、了承すればいいだけの書状だった。

執務にあてられた時間はかなり残っており、暇を持て余した鷹光は中屋敷をふらりと歩いていた。

月に二度、登城する前日は上屋敷に移る。

上屋敷に滞在中は、部屋から出ることさえも眉を顰められる。

兄の遺児と鷹光が顔を合わせることは、禁止事項であるらしい。

叔父、甥の間柄とはいえ、様々な思惑と憶測が絡み、自由に動くことは許されない。

中屋敷の敷地内なら比較的自由に行動を許されている。

茂利のわかりやすい画策はともかく、鷹光が中屋敷に住まうことは、結果として双方に利があったといえた。

なにやら一角が騒がしい。鷹光は人の気配がするほうへと足を向ける。

女中の一人が大きな風呂敷を抱えて廊下を歩いていた。

その後ろには、下男らしき者が両抱えの大荷物を持っている。

「それはなんの荷物だ？」

鷹光が声をかけると、女中は慌てて膝をついた。

「これはご無礼をいたしました」

「構わぬ。だが、一体何事だ」

「上屋敷より運ばれてきた書物にございます。なんでも貴重な異国の書物だとか」

「異国の書物？　中屋敷に異国の書物を運んでどうするのだ」

「江藤さまに翻訳してもらいたいとのことです」

女中、下男に引き続き、大きな荷物を抱えた小者数人が、鷹光を見て慌てて頭を下げている。彼等が持参している大きな包みを見れば、書物はかなりの量とみて間違いない。

「江藤とは、用人の江藤信次郎のことか？」

「左様にございます」

「あれには本来の役目があろう。一体誰がこのような難題を……」

言いかけて鷹光は気付く。

江藤は用人という要職にある。彼に命じることができる存在は少ない。

言い辛そうに顔をそむける女中の様子からも、命じた者は簡単に推察できる。

「殿、このような場所でなにをなさっておいでです」

抑揚のない声が背後から聞こえた。

鷹光の前で頭を下げていた女中が、現れた江藤を縋《すが》るように見上げている。

「執務の時間であると思いますが」

「終わった。数枚に目を通すだけではないか。それよりも、これは一体どういうことだ」

「異国の書物を訳せばよろしいのでしょう。殿が気になさることではありません。空いた時間に散策されるのは結構ですが、使用人の仕事を邪魔しては困ります。お前たち、その荷をいつもの控えの間まで頼む」

江藤の指示を受け、女中以下、荷を抱えていた者が安堵したように息を吐いた。

「失礼いたします」

一礼すると、女中は鷹光の傍を足早に通りぬけた。その後を下男、小者と続いていく。

「用人の仕事には、異国の書物を翻訳することまで含まれていたのか？」

「当藩ではそのようです。それよりも、殿はご自身の立場を正しく理解しておいでなのでしょうか」

「なに？」

気色ばむ鷹光を前に、江藤は淡々と述べた。

「彼等の立場で殿に逆らうことは決してできませぬ。問われれば答えたくなくても口にしましょう。その後、咎められるのは彼等です」

誰に咎められる、と江藤は口にしないが、鷹光には理解できた。

江藤が粛々《しゅくしゅく》と押し付けられる難題をこなすのは、決して保身のためだけではない。

鷹光の目付のように中屋敷に移され、膨大な仕事を持ちこまれてもなお黙してこなすのは、それ以外の理由もあったのだ。

茂利は年を重ねている分、狡猾だ。

権威を振りかざす頃合いも、人心の掌握も、信次郎よりは優れている。

任された責を全うすることで、信次郎は相手につけいる隙を与えない。

お互いの武器が違うのだから、戦い方にも違いが出る。

常に権力闘争を外側から眺めていた鷹光には、それが理解できた。

鷹光は長く部屋住みだった。

藩主である兄との間に、庶子の兄が一人いたが、彼は幼くして亡くなっている。

直系の男子は兄と鷹光以外いない。

兄とは年が離れており、鷹光が兄の存在を理解した時には、既に兄は正式な跡目として周囲に認知されていた。後継者争いとも無縁だった。

部屋住みをしていたが、鷹光の扱いはそう悪くなかった。

兄の子が生まれるまで、後継者候補の筆頭だったこともある。

鷹光は己の立場を幼い頃から察していた。

兄をたて、一歩下がったところが鷹光の居場所だ。

兄に子ができたことでようやく自由になれると思いきや、流行病という予期せぬ事態が鷹光から平穏を遠ざけた。

鷹光を名指しで担ぎ出したのは、国許にいる家老の江藤だった。

「兄上の子がいる以上、私の出る幕はない」

「藩主が乳児では臣民の不安が増すばかりです。流行病で人材が不足している今、混乱や動揺を増やす要素はないほうがいい。直系成人男子は鷹光殿しかおりません。腹をくくっていただきたい」

渋る鷹光にしつこく食い下がり、藩主代理なら、という譲歩を引き出したのは彼だ。

家老と鷹光は年齢が近いということ以外、関わりはない。

昔から何度も、見たことはある。江藤家の嫡男として、兄の側近候補として。だが、彼が父の跡を継ぎ家老の重責を担うようになってからは、顔を見ることもなくなった。

鷹光は部屋住みの身。それまで毎日趣味の笛を吹くか、庭師について植え木の手入れをしていた。

家臣のなかには、主家の直系である鷹光が泥仕事をするなど言語道断と眉を顰める者もいたが、兄は鷹揚に笑っていた。陰では口さがなく言われていたようだが、藩主が咎めないので、直接文句を言われたことはない。

普通の勉学は一通りこなしているが、主君としての心構えや立ち振舞いを、鷹光は知らない。

いずれ臣下に下るか、男子のいない家の養子に出されるかのどちらかだと誰もが思っていた。鷹光自身でさえも、その未来を疑ったことがない。

家老に藩主の跡を継ぐよう打診された時、まるで我がことではないような心持ちだった。

臣民の不安なら、政治の駆け引きに慣れた家老自身が藩主代理として差配を振るえば薄れるだろう。

事実、跡目が幼い時に家老が代理で藩を治めることは珍しくない。

だが家老は、兄の子ではなく、鷹光を表舞台に引きずり出した。

傀儡《かいらい》なのかと思いきや、執務の一切を目の前に積み上げられた。

容赦なく鷹光の尻を叩く勢いで、家老は一から教えていった。

礼儀、立ち振舞い、返答の言葉選びに執務のあれこれ。

「家臣の前で取り繕えないようでは、公方様の前でも恥をかきましょう」

「私が公方様にお目見えするのか？」

「殿は既にお目見えしております。だから藩主代理の許可も早く下りたのです」

家老が言うには、鷹光は幼い頃、公方様へのお目見えを済ませているらしかった。

一応、名目上の跡目だった頃のことだ。

「覚えていない」

「思い出さずとも結構です。その書類の裁可が先でございます」

家老は時々、息抜きのような無駄口にも付き合ってくれた。

そして、大概は鷹光が叱られて終わる。

ただ、どんなに尋ねても自分を藩主代理に立てた理由は教えてもらえなかった。

「まだ不安は大きいですが、道中お気をつけて」

江戸に出立する日、見送りに来た家老は珍しく笑いながら鷹光に告げた。

「土産を買ってくるから楽しみにな」

「遊びに行かれるのではないのですから、土産はいりません。ご無事でお戻りください」

気楽な部屋住みの気分が抜け切らない鷹光に、家老は苦笑する。

「殿。困った時は弟をつかってやってください。江戸藩邸で用人をしております」

「家老の弟か？　ああ、大層出来がいいとかいう、あの」

鷹光は噂でしか聞いたことがない江藤家の神童を思い出す。

鷹光と同じ年に生まれた家老の弟は、もしや江藤の跡目を継ぐかもしれないとまことしやかにささやかれていた。

兄の出来が悪いのではない。弟の出来が良すぎたのだ。

評判の男は、少年の頃に家を出てしまい噂は立ち消えたのだが。

「出来の良し悪しはわかりませんが、癖のある男です」

家老の眉間に皺が寄った理由を、鷹光は当人と会ってから理解した。

秀麗な顔に感情を見せず、淡々と仕事をこなす男だ。

家老のように、わかりやすく窘《たしな》めてくれることもなく、都合が悪いことは答えない。相手の一番弱い部分を的確に攻めてくるのは、江藤の血筋だろうか。

先ほどの指摘もそうだ。

藩主代理の自覚が薄い鷹光の振る舞いは、未だどこか気安い。

どれだけ自覚が薄くても、鷹光の言動如何で実害を被る者は、別にいるのだ。

――大名たる殿が、家臣に頭を下げてはなりません。

鷹光は、謝罪する直前に家老の言葉を思い出す。

「……考えが足りなかった」

かろうじて教え込まれた言葉を吐き捨てて、足早に自室へと戻る。

江藤は、鷹光の背中を黙って見送っていた。


「なあ、江藤。私にも異国の書物を見せてくれないか？」

「殿がお読みになるのですか？」

「読めん。だが、見たい」

鷹光が口にしたのは、単なる好奇心からだった。

執務はそれほど多くないし、趣味だとはいえ毎日笛を吹くのも厭《あ》きた。

庭の植え木を触るのも遠慮がいるし、外出もろくにできない。

選択肢が限られるなかで、唯一叶いそうな願いは、先日運び込まれてきた異国の書物を見せてもらうことだった。

江藤は、気付けば鷹光の傍に控えていた。

鷹光の十倍はある書状の山に加え、雑事も任されているようだ。にもかかわらず、自分の目付として、暇があれば当たり前のように傍にいる。

見た目からはなにを考えているのかまるで測れない。

この顔色を変えない男を少しは慌てさせてみたい、という二心《ふたごころ》もあった。

「無理か？」

黙していた江藤が口を開く。

「今、お持ちします」

「え？　良いのか？」

「ご覧になりたいと仰ったのは殿です」

視線を向けられ、鷹光は慌てて頷く。

一旦退席した江藤が抱えてきたのは、一抱えの大きな包みだった。

「こちらが異国の書物になります」

差し出されたのは鷹光の好奇心を刺激する物ではなく、ありふれた物に見えた。

「これが？」

「書き写した書物です。原本を入手することは大変難しいと言われております」

素早く鷹光の前に並べながら、江藤は淀みなく説明していく。

医学、天文学、植学、化学、暦学。

まるで読めない横に流れる文字は、江藤の説明を加えてなお価値があるようには見えない。

触れることを躊躇《ちゅうちょ》している鷹光に、江藤は中の一冊を差し出した。

「こちらなら楽しめると思います」

植学啓原《しょくがくけいげん》と書かれたそれを、江藤は目の前で無造作に開く。鷹光が密かに期待していた蘭語ではなく、漢文の書物だった。読まなくても理解できるほど、緻密な絵が添えられている。

「綺麗なものだ」

中を見せられた鷹光は、反射的に受け取った。

「しばし殿にお預けしましょう」

「いいのか？」

「執務が滞れば即時返却願います」

鷹光の弾んだ声を遮るように、江藤は現実味のある条件を出す。

「しかし、これは異国の書物ではあるまい。私にも読める」

「左様にございます。異国の書物は蘭学名門の方々が既に幾冊も翻訳し、出版しております。これはその一つ。私のところへ運ばれる書物の多くは、原本ではなく、こうした出版物なのです」

「珍妙なことだ」

「おそらく、送り主が中を見ていないからでしょう」

なるほど、と頷いてから鷹光は気付く。

「もしかして、先日運ばれてきた書物を翻訳せよというのは」

「書物に一通り目を通し、分類ごとにわけ、書庫に保管することが主です。こちらの蘭語の書は、私が勉学に使用した私物にございます」

江藤の手で風呂敷に包み直されている、糸が絡まったような文字の書物は、物珍しくはあったが、既に興味は失せていた。

「お前なら医師にでも学者にでもなれそうなのに、なぜ用人をしているのだ？」

「兄に請われたからです」

藩のため、主家のため、と取り繕わない男に鷹光は驚く。

国許にいる家老は、言葉を選ぶ必要性をあれほど鷹光に説いていたのに、弟の教育は疎かにしていたのだろうか。

癖がある男だと言っていた時の家老を思い出す。常は率直な彼が、言い淀むのは珍しかった。

「そのわりに勤勉だな」

鷹光の言葉に、江藤の動きが止まる。

「どうかしたか？」

「いえ、なんでもありません」

無表情の江藤はすぐに片付けを再開する。

鷹光は視線を書に落とすと、夢中になって読み始めた。


先代藩主、鷹光の兄の法要は大暑《たいしょ》の盛りに行われる。

大名が国許と江戸を行き来する生活をおくるため、江戸には大名家所縁の寺院が多くあった。

法要は寺院で行われることになっていた。取り仕切っているのは兄の子となっているが、実際は江戸留守居役の茂利が差配している。

法要参加のため、鷹光は江藤を伴い上屋敷に数日滞在していた。

登城の前日以外で上屋敷に留まるのは、国許から到着した日以来のことだ。

上屋敷は登城に適した外桜田《そとさくらだ》の一角にある。

本来ならば直参旗本としての役目もあるが、鷹光は代理ということで免除されていた。

不名誉だと茂利は不満そうだったが、鷹光が政に携わることにはさらに不服があるらしく、特になにも言わない。

鷹光は藩主代理であり、正当な藩主はあくまでも兄の子である千代松《ちよまつ》――というのは表向きのこと。

実情は鷹光が藩主として国許と江戸を行き来し、千代松は大名家の跡継ぎらしく江戸の上屋敷に住んでいる。

千代松を盛りたてていきたい家臣は、それが気にいらないらしい。

それでも茂利が鷹光をわざわざ法要に招いたのは、外聞を気にしてのことだろう。

寺院に入る順番や席次も、鷹光は千代松の後となっている。

鷹光はすべてに笑って頷いた。

当人が不満を言わないので、目に見える諍《いさか》いはない。

神経を尖らせている茂利やその配下をよそに、鷹光は江藤を伴い兄の菩提《ぼだい》を弔うべく寺院へと足を踏み入れた。

手筈どおりに法要は行われた。

鋭い日差しが、敷き詰められた庭の小石を焼く。

屋内にいても、汗が背中を伝い落ちる。

読経の低い声と木魚の鳴る音が眠気を誘う。

茂利の隣にいる千代松は、乳児の特権を活かし既に眠っていた。

気もそぞろな鷹光が隣を見れば、涼しげな顔をしている江藤が座している。

「暑くないのか？」

「慣れております」

江戸暮らしが長い男は、涼しい国許から出てきたばかりの鷹光とは違うようだ。

「法要が終わるまでは辛抱なさいませ」

小声で窘められ、鷹光は居住まいを正した。

叱責する声は、国許の家老とよく似ている。

鷹光が国許から江戸に来てしばらく経つが、最近は藩邸内の派閥構造が見えてきた。

江戸留守居役の茂利が一番の権力を持っていることは明白で、最も幅をきかせている。

その次の要職は江藤が務める用人なのだが、彼はそういった争いには無関心のようで特に目立つことはしない。ただ、歴代家老職を担う江藤家への信頼は意外に厚いらしく、江藤を推す者も少なからずいるようだ。

江藤に仕事を丸投げしても平気な茂利だが、法要の手順を打ち合わせている時に「よろしいか」などという確認は、鷹光ではなく、江藤に向けていることが多かった。

つらつらと取りとめなく思い出していると、茶が差し出される。

気付くと法要は終わっており、茂利や千代松の姿もない。

「なにか言われたか？」

「いいえ」

鷹光への苦情は、江藤へと向けられる。

感情を見せない男は、それを鷹光に伝えることがない。

上手くあしらっているようにも見えるが、概《おおむ》ね興味がないのだと鷹光は見ていた。

それは茂利に対してだけではなく、鷹光に対しても同じだ。

「江藤は、生前の兄上にあったことがあるか？」

「一度だけございます」

「兄上は藩主に相応しいお方であった。そう思わぬか？」

先代藩主は藩内の改革に着手し、成功をおさめていた。

開墾をして新しい薬草園をつくり、無料の治療院を設置した。

備蓄米も多く保管し、流行病に苦しみながらも最後まで自ら政を行った。

名君と讃えられる藩主は多くないが、兄はそれに相応しい人物だったと鷹光は思う。

「わかりませぬ」

法要が故人を偲《しの》ぶ場でもあるのなら、江藤の返答は実にそぐわない。

「江藤、もう少し取り繕え」

面目を大事にする武士として、相手に対する配慮も必要だろう。

怒りはないが、呆れながら鷹光は傍に控える用人を眺める。

「失礼ながら、印象に残っておらぬのです。お目見えの記憶はありますが、特にお言葉をいただいたわけでなく、兄に付随していたもので」

「用人になる前か？」

「取り立てていただいた時でございます」

ならば、他の言いようもあるだろうに。

少し面白く思いながら、鷹光は江藤を観察していた。

藩主の自覚が足りないと家老によく怒られていた鷹光だ。己に欠けたものを自覚している。が、江藤もまた、武士としてなにか欠けているように感じた。

「お前は仕官などせず、他の道を模索したほうが向いているのかもしれないな」

「暇を命じられたのでしょうか」

「いいや。お前にはまだ、いてもらわねば困る。ただ、武家の中では生き辛かろう」

鷹光自身、思うことがある。

藩主としての振る舞い、見栄の必要性、武家のしきたり。教えられるほど窮屈で逃げ出したくなる。

「それを言われたのは、二度目です」

己のことを語る江藤が珍しく、鷹光は問うた。

「誰に言われたことがある」

「私が江戸に出たのは、兄にそう言われて家を出されたからなのです」

「家を、出されたのか?」

「はい。激怒した祖父に切られそうになりましたので」

記憶にある噂とはかなり違う話を聞き、鷹光は首を傾げた。

勉学に勤しむためではなかったのだろうか。

殺されそうになるほど身内を激怒させたのは、成人前のことか。

「なぜそこまで怒らせたのか、聞いても良いか？」

「私にはわからないことばかりでした。武士の体面が重視される意味も、家を守る意味も、腹を切る意味も、主家に仕える意味すらも、何度教えられても理解できませんでした。そう言ったところ、祖父が刀を抜きました。兄が止めに入らなければ、私は死んでいたでしょう」

江藤が淡々と語る内容は、醜聞そのものだった。

それを何故、わざわざ自分に告げるのだろう。

「私は一応、その主家にあたると思うのだが」

「存じ上げております」

平然と答える男を見て、鷹光は胃の腑に重苦しさを感じた。

本来なら彼を切り捨てても構わない立場にいるはずだが、目の前の男がとても怖いと思う。

面と向かい、お前に興味はない、いつでも見捨てられると宣言されるのは存外こたえるものだ。

家老の苦言が懐かしい。正面から自分と向き合ってくれた彼には、まだ見捨てられていないと信じたい。

黙して茶を含むと、渇ききった喉が微かに鳴った。

改めて自分の無力さを痛感する。血筋以外に誇るものがなにもない。

家臣の中には、あからさまに鷹光を軽んじる者もいる。

だが、家老が我先に頭を下げる。必ず裁可の確認をする。なにかにつけてたてるので、誰もが無視できないでいるだけだ。

家老に担ぎ出された鷹光には、後ろ盾になるものが少ない。

改めて思う。兄には子がいたのに、何故自分だったのだろう、と。


兄の子が生まれたという報せは、少し遅れて鷹光に届いた。

吉報を喜ぶ家臣の一人が、鷹光に祝辞を述べたことから判明したのだ。

禄は少ないが、なにか祝いの品を贈ろうと考えていた時、突然兄が訪ねてきた。

同じ城内にいるとはいえ、藩主として日夜忙しい兄とまみえるのは、久しいと思えるほど時間が経っていた。

「この度は男子の誕生、御喜びを申し上げます」

「なにやら実感がわかぬが」

兄はいつもの威厳のある態度に若干の戸惑いと気恥ずかしさをのぞかせ、頬を撫でていた。

「実際に会えば、情がわくのではないでしょうか」

自身に子はいない。その前に妻もいないのだが、鷹光はもっともらしい顔で頷いた。

江戸にいる側室から生まれた子だ。

顔を見ることも、抱くこともできない国許では、鷹光でさえ叔父になった気がしない。

兄の気持ちはわかるのだが、祝い事に水を差すのも憚《はばか》られた。

「うむ。これでお前もようやく、自由に城を出てよい立場になった。なにか今後の希望はあるか？　すぐにというわけにはいかぬが、なるべく添うように取り計らおう」

気の早い話だ。

どこかに養子に行くにしても、家臣として下るにしても、しばらく先の話だろう。

兄の実子が誕生したとはいえ、赤子が無事に育つまでの数年はまだ、鷹光は部屋住みの立場にある。

「特に希望はありません。兄上の良いように取り計らってください」

定型文のような文言を口にしてから、鷹光は顔をあげる。

「ただ家臣に下るのならば、私に薬草園の管理をお任せいただきたい」

若い藩主が十年ほど前に開墾し開いた薬草園は、数年の失敗を重ねたのち徐々に成果を見せ始めている。

役目としては重くない。かろうじて上士の末端に籍を置く役だ。

「あれか」

「私には重いほどの役目と心得ております。ですが、興味のあることに携わっていたほうが、励めると思うのです」

「わかった。考慮に入れておく」

「それでですね、兄上。祝いの品はなにがよろしいでしょうか」

「我に聞くことか？」

「ですが、なにを贈って良いのか、とんとわかりませぬ。喜ばれる物はなんでしょう」
兄は薄く笑って無言を貫いた。
鷹光が何度尋ねても、最後まで教えてくれなかった。

「殿、起きてください」
抑揚のない声が鷹光の意識を引き戻す。
目を開けると、無表情の男が自分を見下ろしていた。
夢を見ていたのだと気付いたのは、身体を起こして周囲を見渡してからだった。
庭の隅にある用具を置く小屋の中。
一人になりたくて、出入りの職人に無理を言った。
昔と言うにはまだ早く、最近と言うには少し遠い過去の出来事。
兄が藩主の座にあることが当たり前で、部屋住みを終える年を数えて待つだけだと信じていたあの頃。代理でも藩主の座に就くなど考えたことがなかった。

「そろそろ部屋にお戻りください」

促されて小屋を出ると、傾いた朱色の陽が西の地平に足をかけている。

先を行く江藤はなにも言わず、鷹光がついてきているのを視線だけで確認している。

「なにも言わぬのか？」

藩主代理がいて良い場所ではなかった。

探すのに苦労したことだろう。

着物も汚れ、みすぼらしい格好になっている。

見つけたのが国許の家老なら、長い小言を聞いたあと、睡眠時間を削って執務をする羽目になるはずだ。

「それで殿の気が晴れるのでしたら」

立ち止まり振り返る江藤はその後、なにも言わず鷹光を見つめていた。

咎める言葉はない。態度も平常のままだ。
「戻りますよ」
「ああ」
何事もなかったように先を行く背中は、緩やかな歩調で鷹光が来るのを待っていた。
会話はないのに、何故か居心地は悪くない。
土を踏みしめる音だけが響く庭の中、どこか気遣われている気がした。
——ほんの少しのつもりだった。
嫌なことがあった時、秘密の場所にこっそり隠れてぼんやりするのは鷹光の癖だ。
一人になれる時間があれば、鷹光は元に戻れる。
慣れない江戸藩邸に、鷹光が気を緩められる場所はない。
静かな道中の終わりが見える頃、前の背中に声をかけた。

「手間を、かけさせたな」

「はい」

条件反射のように返る言葉は、いつもと同様に素っ気ない。

一面を朱に染める最後の陽光が、感情を見せない彼の顔を赤く照らしている。

端的な返答とは裏腹に、それが酷く照れているように見えておかしかった。


国許の家老より書状が届いたのは、処暑《しょしょ》の頃だ。

実の弟宛てに内密に届けられたそれは、凶報だった。

長雨で薬草園の裏山が崩れたという。

今年は雨風が強い日が頻繁にある。

江戸の中屋敷でも、出入りの職人が飛んだ瓦の補修に足繁く通っている。

最初は、嵐の後は商売繁盛だと愛想よく振る舞っていたが、あまりに頻繁で最近は疲労困憊しているようで顔色も悪い。

他人事のように眺めていた鷹光だったが、国許でも被害が大きかったと聞けば心配になった。

「他にはなにか書いてあるのか？」

「土砂で何種類かの薬草が、種を含めてすべて失われたようです。幸い、人死《ひとじに》はないようですが」

国許の薬草園は、先代藩主である兄が苦心して作りあげたものだ。

薬草の種も苗も、あらゆる伝手を手繰り、それなりの金子を積んで入手したはずだ。

不慣れな最初の頃こそ失敗はあったが、すべての種を失うほどの事態はなかった。

「まずいな」

「心配無用とありますが」

責任感の強い家老のことだ。微細なことは鷹光に告げない。

内密に処理できない規模の被害があったから、書状で先に報せてきたのだ。

「そんなはずはないだろう」

「はい。そう思います」

珍しく二人の意見は一致した。

大惨事の確信はあるが、解決の手段がまるで思い浮かばない。

先代藩主の兄とは違い、鷹光には頼る伝手も当てもない。自由になる金子もまた、多くない。

「なあ、新しい薬草の種苗を入手するのはどうだろう」

「どちらかに伝手がおありで？」

「ない。お前、江戸は長いのだろう？　知人はおらぬのか」

「植学を教わった師はおりますが、今は長崎へ招かれており不在です」

二人とも屋敷の中から出ることが少ない。

鷹光は登城すれば大名としてあつかわれるが、無役なので諸大名との個人的な付き合いはなかった。

「これ以外となると、金策か。馴染みの商人などあったかな」

まだ藩政に携わって間もない鷹光は、諸事に詳しくない。

「先代の頃から取引がある両替商はあったはずですが」

「なにか問題でもあるのか」

「私は顔を知らぬのです。表立っての交渉は茂利殿でした」

馴染みの紹介があれば別だが、金銭賃借は信用問題だ。突然訪ねても相手にしてもらえないだろう。

「では、茂利に頼もう」

鷹光の提案に、江藤は答えない。

「藩の大事だ。きっと力を貸してくれるだろう」

自分に言い聞かせるように、鷹光は続けた。

「伺いをたててみます」

江藤はただ頭をさげ、鷹光の傍を離れた。

そして数日後、茂利から承諾の返答が届いた時、鷹光は安堵した。

これでなんとか薬草園が立て直せる。そのことだけで頭の中はいっぱいだった。


茂利に案内された両替商は大きな店を構えていた。

「茂利殿。こちらの店は当藩と馴染みがないと思いますが」

店の前で江藤が、笑みを浮かべる茂利に視線を流す。

「ああ。最近見知った者でな。寄合などに顔を見せておる」

「馴染みの店の紹介をお願いしたはずです」

「貸してくれるのならどこでもよかろう」

「そういうわけにはまいりません」

機嫌の良かった茂利の顔が、段々と険しくなってくる。反して江藤は無表情を貫いていた。

馴染みの店に顔を知られているのは茂利だけだが、江藤も店の名は知っている。

「儂の口利きでは不満か」

「信用に値する相手かどうか、こちらも吟味する必要がございます」

「両替商を紹介してほしいと言ったのはそちらだろう」

「ですから、馴染みの店を、とお願いしております」

苛立ちを見せ始めた茂利と違い、江藤は涼しく言ってのけた。

「番代殿もこちらの店では不服か？」

突然話を振られ、鷹光は逡巡する。

茂利に機嫌を損ねられたら、江藤の言う馴染みの店すらも紹介してもらえなくなるかもしれない。

「私は別に構わないぞ」

「江藤。番代殿はこう仰っているが、まだ言うのか」

「いいえ」

鷹光を見ずに、江藤はすんなり引き下がる。

店の奥に案内されると、そこには狸の置物によく似た老爺《ろうや》がいた。

「狭苦しい場所にようこそいらっしゃいました、茂利様。紹介いただける方がいらっしゃるとか」

「ああ。こちらが我が藩の藩主代理をお務めされている方だ」

双方名乗りを済ませると、要件に入る。

見栄を張っても取り繕っても、結局は鷹光側が頭を下げて金子を借りうける立場だ。

相手もそれを承知しているのか、のらりくらりと話を引き延ばす。

「で、担保にはなにをお考えでしょう」

問われて気付いたのだが、担保になるような物を鷹光は持ち合わせていない。

藩の実権も握っていないのだ。

言い淀む鷹光に、茂利が提案した。

「そうですな。番代殿はなにも持ち合わせがないと仰るが、旗本の面目というものは立派な担保になるのです」

「それで、私にどうせよと言うのだ」

「ここはひとつ、番代殿が得意となさる笛の音を担保になさるのがよろしいかと」

人の良さそうな顔で笑う茂利を見て、鷹光は拳を握りしめた。

ついこの間、遠回しに鷹光の笛を散々罵倒していたではないか。

鷹光が庭の小屋で寝入ってしまった日のことだ。

珍しく江藤が外出し、執務も終わり、鷹光は縁側に座って笛の練習をしていた。

直截ではなかったが、かなり遠慮なく物申していたはずだ。

拙《つたな》いという自覚はある。

何年も吹いてきたが、一向に上達しなかった。

だからこそ、気楽に続けられた。

下手に才能を示せば、鷹光の立場は悪くなる。

兄より秀でてはいけない。兄を差し置いてはいけない。

それが無事、生き残るための術だった。

鷹光が凡庸であれば誰も警戒しない。注意を払わない。

笛をくれた剣術指南役の男が暇を見ては教えに来てくれたが、彼が呆れるほどに才能がなかった。

「生憎と笛を持ってきておらぬ」

「笛なら当家にもございます。お武家さまの持つ物に比べましたら安物でしょうけれど」

親切なのか面白がっているのか、目の前の老爺は逃げ道を塞いでいく。

「番代殿。薬草園のためでございます」

普段、あまり怒ることがない鷹光でさえ、さすがに震えるほどの憤りを感じた。

茂利が鷹光を疎んでいることは承知していた。

無理に好かれようとも思わない。

藩の大事を利用して姑息な真似をする男を、頼った自分が愚かなのだと思う。

江藤は店の前で一度止めてくれたのに、押し切ってしまったのは鷹光だ。

「わかった」

目の前におかれた笛に、鷹光はゆっくり手を伸ばした。


すべてが終わった時のことを、鷹光はあまり覚えていない。

吹き始めてすぐ、茂利が退席したあたりまでは記憶に残っている。

「主家の面目を守るため、担保の支払いに家臣が同席するのは慎むべきだ」と言いながら神妙な顔をしていたが、腹の中ではどうだろう。

取り繕うことに慣れている商人でさえ顔を歪めていた。

遠くで嘲笑を聞いたような気がする。

気がつくと、一室に座っていた。

自分の隣に見える影が、見慣れた男だとようやく気付く。

「江藤。いたのか」

「はい」

茂利が鷹光を見捨てて出ていったように、彼もいつ鷹光を見捨てていくのかわからない。

だがこの時、隣にいるということはまだ見捨てられていないのだろう。

「傍にいてくれたのか」

「それが私の役目にございますれば」

相変わらず素っ気ない返答だ。聞き様によっては大層失礼でもある。

「いや、助かった」

鷹光自身よくわからないが、今は誰かが傍にいてくれることが有難い。

「殿。薬草園は必要でしょうか。誰のために、なんのために必要なのでしょう」

ふいに江藤が尋ねた。

小藩では薬草を栽培するよりも、必要な時だけ購入するほうが出費は抑えられる。

先代藩主の志は称賛されるものだが、鷹光が身を削ってまで維持する必要はないだろう。

暗にそう言われているようだ。

「始めた兄のため、民のため、と言えれば良いのだろうが、生憎とそれほど高尚な人間ではない。私のために必要なのだ。有事の際、私が気楽に薬を使える環境が欲しいのだ」

昔から、有事の際に購入できる薬草は限られている。

身分がある者から——上の者から順に手に入れる。

不足した分は、諦めるしかない。

自分が自由に使える薬を増やせればいいのにと何度思ったことか。

与えられた丸薬を、庭に埋めてみたこともある。材料が植物と聞いたけれど、芽は出てこなかった。今なら意味のないことだと理解できるが、その時は最善だと思っていた。

兄が薬草園をつくると言い出した時、鷹光は単純に喜んだ。

親しくなった下男が家族を失くしたと嘆くのを見なくてすむ。

病で隔離され、墓場に運ばれる死体を見なくてすむ。

少なくとも今までよりもずっと、その回数は減るだろう。

まだ微かに震える拳を見つめ、鷹光は自嘲した。

「わかりました。落ち着かれたら殿は先にお戻りください。裏口に駕籠《かご》の手配をしておきます」

恥をかいた自覚はあるので、裏口から出ていけるのは有難い。

なにを考えているのかわからない男は、静かに立ち上がると部屋を出ていこうとする。

「どこに行くのだ」

「本来の目的をお忘れでしょうか。役目を果たしに参ります。確かに担保を支払ったのですから、相応の金子を借りるのです。ここからは私の役目です」

「そうか、頼む」

ろくに動けない自分が出張るより、感情を見せない江藤のほうが適任かもしれない。

立ち上がった男が、鷹光を見下ろしていた。

自分が座っているので自然、そうなる。

「お任せください」

逆光で顔はよく見えなかった。

なのに、その口角が微かにあがっているように見えた。

†

目の前にいた若者が退出すると、藩主は呟いた。

「生意気な若造だ」

「申し訳ございません」

頭を下げて詫び入るのは彼の兄である。

家老という重責を担う男はまだ若いが、補佐としては有能だった。

その家老の弟は、幼い頃から神童とうたわれるほどに明晰な頭脳を持つと聞いていた。

渋る家老を説き伏せて、なんとか仕官させて対面したものの、どこか気にいらない。

一見従順に見えるそつのない振る舞いだが、頭をあげれば眼力は鋭く、底が見えない深淵のような瞳をしていた。

出来の良い頭脳を貸す気はあるようだが、率先して動く気は毛頭ないというやる気のなさが見える。

「やはり信次郎に仕官は荷が重いと存じます」

機嫌を察した家老がさりげなく辞退を申し出るが、首を振った。

「いや、あれはあれでいい。そのまま仕官させよ」

「ですが」

「わかっているか、江藤。我の後継者が誰なのか」

「これから生まれる殿のお子のどなたかではないでしょうか」

「今のままだと鷹光だ」

若い主君の言葉は、家老を戸惑わせる。

「鷹光様は部屋住みかと」

このままずっと部屋住みではないだろうが、主君の弟はひっそりと暮らしている。

目立つ才覚もなく、すべてにおいて凡庸と聞く。

「今は子がおらぬ。自然、鷹光になろう」

それはそうだが、主君の年齢を考えれば、実子が跡を継ぐと考える者は多いはずだ。

事実、家老に就任したばかりの江藤も疑っていなかった。

「主君の器あり、と見込んでおいでなのですか」

「いいや。むしろ逆だ。鷹光には荷が重い。あれはいつも、前に出ることを躊躇する。人の顔色を窺うことに慣れ過ぎている」

「では、なぜ鷹光様なのですか？」

「あれにはもしかすると先見の明や、人を見る才覚があるかもしれん」

怪訝な顔をする家老に、主君は笑う。

「昔、鷹光が庭に座っていたから声をかけたのだ。なにをしていたのか聞くと、

丸薬を埋めていたと言う。そう、薬のだ。薬は植物からできていると聞いた。そして乾燥させた植物は、水をやると芽が出ることがあると庭師に聞いたそうだ。だから、薬を増やそうと思って色々な場所に埋めているのだと言うのだ」

「はあ」

乾燥させ、すりつぶした植物が薬になる。埋めても効果がないのではないだろうか。

答えに困り、家老の青年は適当な相槌をうつ。

「それを聞いて、薬草園を作ろうと思った。薬は買うだけでなく、栽培するという方法もあったのだと、その時鷹光に教えられた。まあ、苦い薬が嫌で呑んだふりをして埋めていただけかもしれないが」

笑いを消さずに主君は続ける。

「ある時は家紋入りの脇差を失くして泥だらけで帰ってきた。城を抜け出して遊びに行ったところで、なにやら揉め事に巻き込まれたらしい。その際、助けてくれた者がいたそうだ。脇差の代わりに竹笛一つ持ち帰ってきおった。脇差と交換したと言っていた」

「はあ」

「数日後、一人の浪人が城に鷹光の脇差を持参した。家紋を見て、驚いて持ってきたそうだ。野犬に襲われている子供を助けたのだが、いつになっても泣きやまない。仕方なく笛を吹いてあやしていたら、やたらと笛を気にいられた。脇差と交換してくれとしつこく強請《ねだ》られ、交換したそうだ。今の剣術指南役だ」

「木村殿ですか」

主君はなにも答えず、静かに目を伏せた。

「有能な人材を引き付けるのには相応の才覚が必要なのだと思っていたが、鷹光を見ているとそうではないのかもしれないと思うことがある」

威風堂々とした主君と違い、弟の鷹光はどこか力が抜けたような印象がある。真剣な顔より笑顔が似合うような気安さがある。

いずれ家臣の一人に下るのであれば、親しみやすくて良いのかもしれない。

その程度に考えていたが、主君の目には違って見えていたようだ。

「人を導く手法がひとつであるとは限るまい。才気走ったお前の弟は正直気にいらんが、あれと鷹光を組み合わせたら面白い主従になりそうな気がした。すべては鷹光次第だろうが」

「不吉なことを仰らないでください」

「万が一の備えだ。備えておいて困ることはあるまい。もしも我が早く死ぬことがあれば、その時我が子がいたとしても、元服が終わっていない限り、後継は鷹光だ。向き不向きだの器だのは関係あるまい。我が藩の禄で生まれ育った者たちだ。藩に返す恩があろう。なにもなければ、当初の約定どおり数年でお役御免にしてやる。江藤、忘れるな。我の後継は鷹光だ」

その時の藩主の眼差しを、家老は忘れられない。

嫌な予言が事実になり、渋る鷹光を表舞台に引っ張り出した。

案の定、気安い言動を軽んじられることが多く、頭の痛い日々が続いた。

それでも、鷹光は努力を重ねていた。

泣き言はよく漏らしていたが、叱れば手を動かす素直なところがある。

実の弟はもともとの出来が良い分可愛げがなく、叱り飛ばすよりも小言を重ねることが多かったので新鮮だった。

先代藩主が鷹光を疎まなかった理由も、理解できるようになってきた。

心配は、あの偏屈な弟が新しい藩主代理にどのような対応をするか、だ。

鷹光が江戸に発《た》つ前、書状でくれぐれもよろしく頼むと書いておいたが、効果のほどは疑問だった。

「主家に頭を下げて仕える意味がわかりません。この家を守るためであれば、主君が阿呆であってもすり寄る覚悟が必要なのですか？　御恩返し？　禄は米でしょう。米を作るのは百姓であって主家ではありません。我等武士はどうして百姓から米を取り立てられるのですか。世の常という曖昧な返答ではなく、具体的な理由を尋ねております」

元服前の少年時代、祖父を前に断言した弟だ。

頭が良い分口もよく回り、なにより容赦と遠慮がまるでない。

仲裁に入り、弟を家から出したのは、世間に揉まれたら少しは変わるかもしれないと思ってのことだった。

先代藩主に頼まれ、半ば無理に仕官させたものの、適しているとは言い難い。

その弟がなにを思ったのか、鷹光に手を貸したと聞いた。

驚く前に聞き間違ったのだと思った。

連絡に不備があったのだろうと。

彼の知る限り、弟は他人に無頓着だ。むしろ、苦手としているほうだ。何故か自分の言うことは比較的よく聞くが、それ以外の者に諾々と従う男ではない。

薬草園の再建のために送られてきた金子を見て慌てて問い合わせると、間違いなく鷹光と弟が関係しているらしい。

「お帰りなさいませ。ご無事でなにより」

城に降り立つ鷹光を出迎えながら、家老は様子を窺った。

報せの時刻どおり帰還した鷹光は、以前とあまり変わらないように見える。

「江戸はいかがでございましたか」

「それなりに楽しかったぞ。信次郎が色々気を遣ってくれた」

「はあ」

鷹光が弟の名を気安く呼んでいることも気になるが、気を遣ったとはどういうことだろう。

そんな芸当ができる男ではなかったはずだが。

「ちなみに、どのような」

「そうだな。私の拙い笛を褒めてくれた」

先程からどうも幻聴が聞こえる。弟が誰かを褒める図が思い浮かばない。

混乱しながら家老は鷹光に問いかけた。

「弟はなんと言って殿を褒めたのでしょう」

返答を聞いて目眩がした。これを褒め言葉と受け取れる鷹光が大物と思えるほどに。

「今度江戸に赴く時は、花火も見せてくれるそうだ。楽しみだな」

「それはよろしゅうございました。殿、薬草園は立て直せました。送っていただいた金子のおかげでございます」

「うむ。すべて信次郎のおかげなのだ」

「それで、この証書にある文言はどのような仕儀で成り立ったのでしょう」

家老が差し出す借金の証文を見て、鷹光は視線をそらす。

「実は、私にもよくわからんのだ。後日、茂利が血相を変えて信次郎に詰め寄っていたが、あやつが『よき店を紹介いただき誠に感謝しております』とか言ったら顔を赤くして出ていった。何度か信次郎に聞いてみたが『私は自分が成したことを無に帰されるのがなにより嫌いです』としか言わぬ。それ以上は追及できなかった」

気の弱さは健在であるらしく、弟に押し負けているようだ。

「まあ、良いでしょう」

子細がわからずとも、あの弟に手落ちはないだろう。

優秀さで弟を凌ぐ者を、家老は知らない。

無利子、無期限、無催促。

通常では考えられない言葉を連ねた借用書は、家老の懐に仕舞われた。

†

信次郎にはずっと、わからないことのほうが多かった。

わからないから学んだ。学べば学ぶほど、わからないことが増えていく。

世の中、わからないことだらけだ。

当人の思いとは裏腹に、兄には毎日のように小言を言われる。

「もう少し相手の心情を思いやれ」

言われている意味は理解できるが、実行するのはとても難しい。

「神童だな」と言われて「違う」と言えば嫌味な奴だと言われる。

「そのとおりだ」と言えば生意気だと言われる。

相手の心情より、自分の心情を思いやってほしいくらいだ。

「ですが、阿呆の相手は嫌です」

「その言葉は相手を傷つける。阿呆と言われて喜ぶ人間はおらぬのだ」

「では、なんと言えば良いのです。頭が緩いですか。どこかに脳みそを落としてきたですか」

「成長途中と言え」

「でも、大人は成長いたしません」

「大人でも精神は成長するのだ」

全然納得できなかったが、兄の忠告に従うと周囲との摩擦が少なくなった。

だから、兄の言はなるべく聞いてきた。

歳を重ねるにつれ兄の小言を聞くことすら面倒になり、万事口を噤《つぐ》むようになった。

是、否以外の言葉はなるべく口にしない。

己の考えを自ら述べることも、必要だと判断しない限りしない。

相手に問われたら答えるが、聞かれたことだけに限る。

憎まれることも羨まれることも多々あるが、口を開かなければ度合いが減ることに気付いたのだ。

人と深くかかわらなければ、なんとか生きていけそうだと思い始めていた。

家老に就いた兄に仕官を依頼された時、本当は迷った。

祖父に激怒されるほど武家にはそぐわない自身をよく知っていたから。

「人材が不足している間だけで良い。私を助けてくれないだろうか」

兄に頼まれると嫌だとは言い辛かった。

江戸での書類仕事だけで構わないというので、渋々引き受けた。

国許で励む兄の助けになると思ったから、押し付けられる書類も捌《さば》いていた。

だが、誰もができて当然だと言う。

「ご苦労だった。次の仕事を頼む」

確かに信次郎にとっては難しくない処理ばかりだが、職務を逸脱しているものまで押し付けられているのはどうしたことだろう。

「江藤様がいらしてから、格段に楽になりました」

下役人に感謝を述べられることが何度かあった。よく聞けば、信次郎が仕官する前は、彼等が仕事を押し付けられていたようだ。

自分が断れば、苦労するのは下の者なのだと気付いたので、仕方なく片付ける日々が続いていた。

兄との約束は数年程度ということなので、そう遠くない未来に解放されるのだ。禄をいただいている間は誠実に勤めるのが筋だろう。

黙々と仕事をこなす信次郎に、いつしか周囲から信頼という付加価値が与えられていたのだが、当人はまったく意に介していなかった。

表で愛想良く振る舞いながら、裏で陰口をたたく。

そうしたことを平気で行う人間というものを、どうしても信じられずにいたのだ。

そこへ藩主が突然亡くなり、藩主代理として弟が就任したと聞いた。

兄から、もうしばらく勤めてほしいと言われ、これまた仕方なく頷いた。

藩主の死で、どこか浮足立って落ち着かない。

藩の内情には興味がない信次郎でも、兄にかかる重責は想像できた。

その藩主代理が江戸に来る前、兄からくれぐれもよろしく頼むという手紙が届いた。

なにをよろしくするのかまったくわからない。

兄はいつの間にこれほど意味不明な手紙を書くようになったのだろう。

少しだけ心配になる。

初めて見た藩主代理は、自分と変わらない世代の、のんびりした男だった。

留守居役の茂利に世話を命じられ、彼と一緒に中屋敷に移り、しばらく様子を見ていた。

言われた執務は普通にこなす。時々、笛を吹いているのか笛で遊んでいるのかわからないことをしていたが、執務が滞っていないので放っておいた。

ある時、時間を持て余したのか「異国の書物が見たい」と言い始めた。

屋敷から出歩くこともないので、暇なのだろう。

植物に興味があると兄の手紙にあったので、絵柄つきの本を貸してみることにした。

彼は喜んで受け取っていた。

その時、彼は何気なく信次郎に「勤勉だな」と言ってのけた。

正直、驚いた。

「神童なのだから、そのくらいできて当然だろう」とは何度も言われてきた。

「出来の良い奴は得だな」とも言われてきた。

何事も片手間で処理しているように見える信次郎を、「勤勉」と評する人間はいなかった。

自分が積み重ねてきた努力を、素直に褒めてもらったような気がした。

信次郎はたくさんの学問をおさめてきたが、書物を一読しただけですべて理解できるほどの頭脳はない。

わからないからわかるまで勉強した。
それなのに、周囲は「わかって当然」だと言う。
なにが当然なのか、まったく理解できない。
口先だけの称賛や賛辞には、虚しさしか感じない。
適当に持ち上げておけば良い、という打算が透けて見える。
相手によく思われたくて褒めているだけだ。
だが藩主代理は、信次郎を都合よく動かしたくてそれを口にしたわけではない。
だからこそ余計、意外だった。己の心に反応した言葉が。
藩主代理は、特に目立った才覚もない、噂どおりの凡庸な男だ。
特徴は、感情が表に出過ぎてわかりやすいところだろう。
他人の機微に疎いと兄に太鼓判を押された信次郎にも、概ね理解できた。
腹芸ができる器用さがないことがよくわかる。
嬉しかったら笑うし、叱られると落ち込む。笛を触っている時間は楽しそうだし、植学の本は興味深そうに眺めている。

時折一人になりたいようで姿を消すが、大概はしばらくすると普段と変わらない様子で戻ってくる。

ある日外出から戻ると、かなり長い時間、藩主代理の姿が見えないと使用人が騒いでいた。

従順な男だと思っていたので、珍しいと感じた。

彼の行動範囲は広くない。屋敷を勝手に出ていくほど思慮がないとも思えない。しばらく探し回っていると、植木職人の男がなにか言いたげにこちらを見ていた。

「なにか用か」

「あの、お殿様をお探しでしょうか」

「居場所を知っているのか」

「そうなのですが」

言い淀む彼に苛立ちを感じる。

「もう少し、お一人にしてあげてはいただけないでしょうか」

「お前、一体なにを知っているのだ。申せ」

少し威圧すると、彼はぽつぽつとつっかえながら喋る。

自分が戻る少し前にとても偉そうな老人が来て、笛を持っていた彼になにか言ったのを見た。そのあと、目に見えて落ち込んでいた。そして、頼まれたのだと言う。

「しばらく一人になりたいから、小屋を貸してほしいと申されました」

「どこの小屋だ」

「庭の隅にある用具入れです」

彼が指差したのは粗末な小屋だった。

「一介の職人風情が口を挟むことではないと承知しておりますが、目に見えて落ち込んでいらっしゃるようでした」

言うことに矛盾はない。相手の心当たりも信次郎にはあった。

留守居役あたりが、嫌味か苦情を言いに来たのだろう。

「わかった。しばらく間をおこう。安心せよ、お前から聞いたとも言わぬ」

使用人には見つかったと告げ、信次郎は夕刻まで待った。

いつまで経っても出てこないので、職人から聞いた小屋へと向かう。

戸を開けると、彼は眠っていた。微かに「兄上」と声が漏れた。

藩主代理になってあまり経っていない。先代藩主を静かに悼む時間も少なかったのかもしれない。

時間がないので起こすしかなかった。

自分が悪かったと思っているようで、信次郎の後を殊勝な態度でついてきた。

十分に反省している相手を責めるほど、信次郎は無神経ではない。

屋敷が見える場所に来た時、ぽつりと礼を言われた。

主君としては珍しく、誰を労《ねぎら》うことにも躊躇がないようだ。

武家の社会で、素直さは美徳でない。軽んじられる元になる。隙を見せ、つけ込まれる要因となるのだ。

兄がくれぐれもよろしく頼むといったのは、こういうことだったのか。

信次郎はその時、ようやく理解した。

藩主代理として、彼にはとても不足している部分があるのだと。

兄から届いた手紙を見せると、藩主代理が薬草園を大切に思っていることが伝わってきた。

潰れかけた薬草園を立て直すことに異存はないが、留守居役に頼ろうとするのは判断が甘いと思った。

いくら暢気《のんき》な彼でも、留守居役に疎まれていることくらい知っているはずだ。

手段がないので頼ってみたが、案の定、名も知らぬ両替商に案内された。

止めようとしたが、彼が押し切って中に通されることになる。

案の定というか、予想どおりの事態がおこった。

怒って席を立つのかと思いきや、彼は金を借りることを選んだ。

何度か耳にしたことはあるが、彼に笛の才能はない。むしろ向いていない。

吹き抜ける隙間風のような音。調子もあっていない。

留守居役がしたり顔で退席していった。

共に退席するよう促されたが無視をした。

主君が戦っている時に逃亡するのが家臣の勤めなのだろうか。

信次郎の目に、彼は戦っているように映っていた。

自分の力だけで、武士がなによりも重んじる面目を地に落としてまで、必死に食らいついている。

武家に馴染めない考えを持つ信次郎にもわかることはある。

他人の心情をなかなか理解できなくてもわかることはある。

基本的に他人には無関心だが、情がないわけではない。

目の前で誰かが倒れていたら手を貸そうと思うし、努力を重ねている相手を助けるのは苦痛に思わない。

演奏が終わり呆然としている彼を、隣の部屋まで促した。

自力で歩いてきたのに、しばらくは信次郎の存在にも気付いていない様子に見えた。

改めて薬草園の必要性を聞いてみた。

自分のために必要だ、と言った彼に、信次郎は納得した。

誰かのためという言葉は嫌いだった。なにかのためという言葉も嫌いだった。

それはいつも、なにかを信次郎に押し付けるための前触れだったから。

立ち上がった自分に、どこに行くのかと彼は尋ねる。

「役目を果たしに行く」と言えば、彼は「頼む」と言う。

その素直さは明らかに欠点だ。

人の上に立つ者が素直でどうする。正直でどうする。
清廉に見せる必要はあっても、清廉である必要はない。
権謀術数を駆使し、人心を掌握する人物が尊ばれるのだ。
その裏表のある世界が、信次郎は苦手だった。
仕官したこの数年で、より嫌気がさした。
だが、役目を返上することができる信次郎と違い、彼には逃げる道がない。
主家の成人している直系男子は彼だけなのだから。
おそらく彼は、この先もずっと辛い思いをするのだろう。
信次郎と同じく、目に見えて欠けたるものがある彼も、武家の社会にそぐわない。
だから理解できた。彼の抱える不安や痛みや悔しさが。
努力では補えないなにかが不足している自分を、情けないと思う気持ちが。
信次郎の脳裏に幾つかの交渉案が浮かぶ。
きっと、自分が弁舌で負けることはないだろう。相手を追い詰め、最大限の効果をあげる自信もある。

なにより、主君の面子が地に落ちたのなら、それを拾い、もとの位置に戻すのは家臣の務めではないだろうか。

「お任せください」

振り返り、座りこんでいる彼を眺めた。

微かに震える手はまだ、白くて冷たい。

何度か無言で頷いていたので、信次郎はそのまま部屋を出た。

面白そうだと思う。

仕官してから数年、なにをしても楽しいと思ったことがない。至極珍しい出来事だった。

先程、終始嘲笑を隠さず眺めていた老人を捕まえる。

「当初の約束どおり、金子を貸していただこう」

信次郎には確信があった。

商人というものは、表面では笑顔で容易に頭を下げるが、腹の中では武士というものを見下している者が多い。

自尊心を守るためなら平気で死を選ぶ、そんな武家を彼等はある意味で手玉に取っている。

守るものが多い者ほどしがらみが多い。

幼い頃の信次郎が無駄だと思った武家の習いが自縄自縛《じじょうじばく》となっている。

「江藤の名を私利私欲に使ってはならぬ。この家名は、ご先祖が残してくださった我等の切り札なのだ」

昔、兄に言われた言葉を思い出す。江戸に出てくる少し前のことだ。

江藤家は歴代家老職を預かる家だ。藩内での家柄や身分は上位にある。恩恵は家族にも同様にあった。

信次郎が「使えるものはなんでも使うのが合理的だ」と言った時、「お前の言い分にも一理あるが」という前置きのもとに告げられたのだ。

「家老に反論できる気骨のある者もいるだろうが、大抵は不服があっても黙して従うものだ。だが江藤の名が使われるのは、政に関係した時のみ。積み重ねてきたその信頼があるから、他の家臣は家老職を担う江藤家の命に不満があっても従うのだ。その不文律を一度でも破れば、信用も信頼もなくなる。長く積み重ねていたものを失うのは一度の過ちで十分なのだ」

家を守る意味は理解しがたかった信次郎にも、先祖が積み重ねてきた信用と信頼の重みは理解できた。

「同じように、神童と言われたお前の過去も、江戸でひけらかしてはならぬ。誰になにを言われても『未だ勉強中の若輩者です』と常にへりくだっておくのだぞ」

兄に言われずとも言う気はなかったが、その時、少しだけ好奇心が動いた。

「承知いたしております。ところで兄上、私が江戸に出されるのは家督争いに不利な兄上の策略だという噂を聞いたのですが、真相はどうなのでしょうか」

勿論、それがただの噂であることは信次郎が一番よく知っている。

切られそうになった祖父から庇ってくれたのは兄だ。

それなのに、下世話な噂をわざわざ教えに来る輩が後を絶たない。

「噂に報いてやれなくて悪いが、私はお前と家督争いをする将来など思い描いたことは一度もない。世間でいくら神童と褒めそやされても、誰よりも多くの知識を有していても、私は、お前のことを先の楽しみな少年だと思ったことがないのだ。むしろ、いつ誰に刺されるのではないかと常に心配している」

「簡単に切られるような剣の腕ではないと自負しております」

「そうではない。剣の腕も、学問も、お前は私などより遥かに高みにいる。羨ましいかと聞かれたら、羨ましいと答えるかもしれぬ。問題は、私がそれを羨むことではなく、お前がそれに執着していないことだ。誰もが憧れるその才能に、お前自身が誰より執着しておらぬ。異なるものに価値を見出す人間は、平凡な人間に忌避されやすいものなのだ。孤立しやすいと言えばわかりやすいか？　現に、お前の心情を理解してくれる相手は少なかろう。人が多い江戸でなら、もしかすればお前を理解できる対等な人間がいるかもしれぬ。私はそれに賭けてみたい」

兄はずっと、信次郎の数少ない理解者だった。

「このような内容でいかがでしょうか」

狸の置物に似た老爺が、信次郎の前に紙面を差し出す。

高い金利に長い貸付期間。ざっと計算しただけで、借入金の倍以上を返済する計画になる。

信次郎は一瞥しただけで、店主の顔に視線を戻した。

「そういえば店主、店の隅にあった箱のなかをちらりと見たのだが、あれは唐薬《とうやく》種《しゅ》ではなかっただろうか」

「突然なにをおっしゃいます。あれは売り物にもならぬ干からびた野菜くずでございますよ」

「左様であったか。私は少し医学を学んでおってな、薬種を見ることにはいささか自信があったのだが、あれは私の気のせいか」

幕府が異国との取引を禁じている物のなかには薬種も含まれており、唐薬種も数量が限られている。

御禁制と言われる品のなかで、最も需要があるのは薬種だ。

命がかかれば金を積む者はいる。それが入手困難となればより高値がつく。

他の品よりも小さく軽いそれらは、隠し財産として扱われていることが多い。

店先にそのような品を置いておくことにも意味があるそうだ。

金子の代わりに扱うこともある、という印に置いておくこともあるらしい。

価値のある物はなんでも取引の対象になるのだ。

生粋の武士は生涯知らないかもしれないことだが、信次郎は世事に揉まれて長かった。人生の半分以上、武家とは距離をおいて学問に生きてきた。

世間知らずで商人にいいなりになるお武家様、という一般的な武士とは違う。

学問を志す者は武家の出身者だけではなく、商家の出身もいる。

いくら信次郎が他人に興味を覚えないといっても、知らないことは知っている者に聞くのが早かった。

信次郎を疎まず、親切に世のあり方を教えてくれる相手もいたのだ。

証文を受け取らない、ということも彼等に教わったことの一つだ。

お武家様は一度受け取った物をさし返すことをしない。

商人は、そうした武家のあり方を知りつつ、笑顔で相手を陥れるのだ、と。

「この証文の文言に誤りがあったようです。申し訳ございません」

信次郎は店主を黙って見ていただけだが、相手が勝手に文言を書き変えてしまった。

「こちらでいかがでしょうか」

「そうそう、この庭に植えられている花もまた、私には覚えのある花に見えるのだ。白い花はある薬の原料になるとか。この庭に咲く花も白いな」

証文に目もくれず信次郎は微笑する。

狸顔の店主は、愛想笑いの中に苦いものを滲ませつつ信次郎を仰いだ。

「あの、お武家様は茂利様の部下の方でございますよね」

「そうだな。江戸屋敷で用人をしている江藤と申す」

「江藤様の名を茂利様から伺ったことはありませんが」

「そうか。私は国許で代々家老職を預かっている江藤家の次男になる、と言えばわかりやすいだろうか。私は若輩なので、茂利殿ほどよく商人とのやりとりを知らぬのだ。無礼があったら先に詫びておこう」

初めて江戸家老に任じられた茂利家と、代々の家老職を預かる江藤家では家格が違う。

それをにおわせた途端、店主から苦笑いのかけらも消えた。

「そのような由緒正しき方にいたしましては、やけに世情にお詳しいのですね」

「先にも申したが、私は次男坊なので自ら身をたてようと江戸に出てきたのだ」

「医学で身をたてるおつもりだったのですか？」

「いや、興味が持てそうならば何でも良かったのだが」

「今はご用人になられたと言うわけですな」

「そうだな。医師の免状も持っているが、兄にどうしても、と頼まれたのだ」

落ちこぼれたのか、と言外に伝えたつもりだったのだろう。顔色が面白いくらい変化する。

別に嘘はついていない。本当のことを何一つ先に告げていないだけだ。

「茂利殿の紹介ならば、取引に置ける筋は理解していると思って良いのだろうな」

対面を重んじる武家とは違い、商家は得意先を広げる信用を第一とする。

だから、藩主代理の面子が質入れされたことは口外されまい。

万が一にも漏れることがあれば、商いそのものの土台が崩れる。

「よく、商人との交渉をご存知のようで」

「そうでもない。まだまだ経験が不足している。ここでじっくりと勉強させてもらいたい」

堂々と居座る宣言をした信次郎を、店主は唖然と見つめ、次に視線をさまよわせた。

「申し訳ありませんが、次の予定がありまして」

「だが、この内容では受け取ることができぬ」

「ですが江藤様にもご予定はおありでしょうし、外聞もございましょう」

「私に予定はないから安心せよ。なんなら続きは翌日に持ち越すか？　担保は払っておるのでな、何日かかっても構わぬぞ」

信次郎の表情は、江戸藩邸の誰もが凝視するほど珍しい笑顔だったのだが、店主には疫病神の愉悦に見えていたことだろう。

切り札はすべて、信次郎の手の中にあった。

普通の武士が知るはずのない世の中の知識と、その他の余計な専門知識と無駄に回る優秀な頭脳。信次郎は誰よりも交渉相手として面倒な武士だった。

面目を気にせず、家格に問題もなく、地位に執着しない。

相手の望む条件を提示するのが交渉の第一条件であるとするならば、信次郎の望むものを提示できる相手はそうそういない。

元来、信次郎は、一刀両断に似た率直な口を憚らない気質だ。相手の心情を慮《おもんぱか》って口を噤むより、己の意見を貫き通す。常は兄の小言や周囲との摩擦が面倒で、口を噤んでいるだけだ。

基本的な考えも、武家にはそぐわないほど実利を優先する。

交渉相手の心情など察することもなければ、妥協することもない。必要がなければ容赦などしない。相手に恨まれることすら厭《いと》わない。もともと他人に関心が薄いのだ。自身の評判を気にするような繊細さがあれば、江戸に出てくることもなかったはずだ。

それを知る者は極めて少ない。

切り札は、使う時を間違えてはいけない。

かつて兄に言われた家訓は、信次郎に少し違って解釈されていた。

この交渉は政には関係ないが決して私利私欲ではないし、手加減する必要もない相手だ。ならば、遠慮なく思うままに発言しても問題ないし、考えうる最高の実利をあげるべきだ。そうに違いない。家訓だしな。

国許の家老が聞けば頭を抱えるであろうことを考えながら、信次郎は脳内で交渉案を練っていた。

数刻に及んだ交渉は、信次郎の思惑どおりに進んで終わった。


国許に金子を送ると兄から礼状が届いた。その間、一月ほどかかった。

その礼状を彼に見せると、再び笛を手にする日々が戻ってきた。

それまでは、決して触れようともしなかった。

理由を知っているので信次郎はなにも言わない。

あの後、留守居役が「顔を潰された」と怒鳴りこんできた。

良い店を紹介いただいたと感謝を述べたが、顔を赤くして去っていった。足音が荒かったので怒っているようだった。

何故だろう。

自分の思惑どおりに動く、実に単純でわかりやすい商人だった。

唐薬種は御禁制の項目にはあるが、量が規制されているだけで絶対に入手不可という物ではない。つまり、誰が持っていても不思議はない代物だ。知らぬ存ぜぬと言い通せば良かったのだ。

他のことにしてもそう。抜け道はいくらでもあった。

商人と交渉するのは初めてだった。

小手調べ程度に怪しげなところをつついてみただけだ。もっと本格的に追い詰めようと算段していたのだが、先に相手が汗を拭きつつ「これで勘弁してくださ い」と頭を下げた。

あの程度の人物を紹介してくれた茂利は、本当に親切だと思う。

ただ、信次郎の心情としては不完全燃焼であった。それが少し不愉快だった。

誰に聞かれても真相を教えなかったのは、あの程度の相手に少しでも面白そうだと思った自分が負けたような気分になるからだ。

「なぜそれほど笛に励まれるのですか」

素朴な疑問だった。

これだけ練習しても成果がみえないというのに、嫌にならないのだろうか。

「昔、この笛に慰められたことがある。私もこれで、誰かになにかを伝えてみたいのだ」

調子外れの空虚な音が室内を震わせた。

「なんだ？　言いたいことがあるのなら申せ」

「耳障りです」

「もう少し包み隠せ」

肩を落として呟く姿は、相も変わらずわかりやすい。

言われたとおり、信次郎も少し考える。

「そういえば、下男の一人が申しておりました。殿の笛が聞こえるようになってから、鼠の被害が減ったと。有難いと喜んでおりました」

一応、記憶を頼りに相手の望む方向に沿う言葉を探してみる。

彼は顔をあげ、目を瞬かせて信次郎を見た。

「そうか」

「はい」

「江藤に褒められたのは、初めてだな」

照れくさそうに笑う鷹光を見て、信次郎は安堵する。

自分が発する言葉はいつも、真意が伝わりにくいのだ。伝わって良かった、と。

「私のことは信次郎でよろしゅうございます。江藤は二人おりますし、呼びにくいのでしょう？」

名を呼ばれるたびに、どこかぎこちない彼に気付いていた。

彼が兄の手紙を見て、江藤が、と言いかけた時にようやく原因に気付いた。

「そうか。わかった、信次郎だな」

「はい」

言葉と感情が一致している彼の傍は、信次郎には楽だった。

裏の感情を探らずに済む。見たとおりの判断で間違いない。

なにより自分の言いたいことが、兄の補足なしでも伝わるのだ。

そうして、夏の終わりを迎えた。

†

ある小藩の藩主代理は、単純でお人よしで謀《はかりごと》には向かない人物だった。

与《くみ》しやすい相手だと侮った者は皆、その後、彼の傍に控える舌鋒鋭い側近に容赦ない対価を要求され、例外なく苦境に陥ったという。

いつでもどこでも暢気に振る舞う藩主代理だったが、いつしか周囲から丁重に扱われるようになっていた。

容赦も遠慮もないその側近を止められるのは、藩主代理か実の兄しかいないからだ。

二十年以上の長い期間藩主代理を務めた後、藩主の座は正当な筋目に戻された。藩主代理が退いた後、ほぼ同時に側近も役を辞した。

降るようにあった仕官の話をすべて断り、彼は故郷に戻って私塾を開いた。

寺子屋では学べない高等な専門の学問を幾つも教える場所だ。

数多《あまた》の入塾希望者が訪れ、数多の門弟が志半ばで脱落すると評判の私塾だった。

だが最後まで残り学問を修めた者は、例外なく優秀な人材となったと伝わっている。

その私塾から、時折笛の音が聞こえてくる。

ろくに音が出ておらず、なにを奏でているのかも不明な笛だが、その笛の音が鳴ると家の鼠がいなくなる。

評判の笛の音は、密かに周囲の屋敷の者たちに歓迎されていたと聞く。

会川いち（あいかわいち）
2013年、「座卓と草鞋と桜の枝と」で「第4回アルファポリスドリーム小説大賞」受賞。2015年同作にて出版デビューにいたる。

イラスト：しわすだ

本書は、「小説家になろう」（http://syosetu.com/）に掲載されていたものを、改稿・加筆のうえ書籍化したものです。

座卓《ざたく》と草鞋《わらじ》と桜《さくら》の枝《えだ》と

会川いち（あいかわいち）

2015年　3月　5日初版発行

編集－塙綾子
発行者－梶本雄介
発行所－株式会社アルファポリス
〒150-6005 東京都渋谷区恵比寿4-20-3 恵比寿ガーデンプレイスタワー5F
TEL 03-6277-1601（営業）　03-6277-1602（編集）
URL http://www.alphapolis.co.jp/
発売元－株式会社星雲社
〒112-0012東京都文京区大塚3-21-10
TEL 03-3947-1021
装丁・本文イラストーしわすだ
装丁デザインーansyyqdesign
印刷－シナノ書籍印刷株式会社

価格はカバーに表示されてあります。
落丁乱丁の場合はアルファポリスまでご連絡ください。
送料は小社負担でお取り替えします。

ISBN978-4-434-20351-0　C0093